TERESA CIABATTI

LA PIÙ AMATA

© 2017 Mondadori Libri S.p.A., Milano

I edizione Scrittori italiani e stranieri febbraio 2017
I edizione Oscar 451 marzo 2018

ISBN 978-88-04-68447-3

Questo volume è stato stampato
presso ELCOGRAF S.p.A.
Stabilimento - Cles (TN)
Stampato in Italia. Printed in Italy

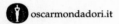 oscarmondadori.it

librimondadori.it
anobii.com

LA PIÙ AMATA

A mio padre

Rimane il fatto che, in ogni modo, capire bene la gente non è vivere. Vivere è capirla male, capirla male e male e poi male e, dopo un attento riesame, ancora male.

PHILIP ROTH, *Pastorale americana*

Prologo

Un coccodrillo in piscina. Un coccodrillo verde in una piscina azzurra.

Sotto il sole di giugno, nel silenzio estivo, solo il frinire delle cicale e lo sbattere ritmico del coccodrillo – vatti a riprendere quel coso – che, sospinto dal vento, dà colpetti regolari allo skimmer, impedendo all'acqua di filtrare. Vatti a riprendere quel coso, perdio!

La ragazzina si alza dalla sdraio, e si avvia calpestando le foglie cadute del salice. Evita sassi, salta le lastre di travertino. Eccola dall'altro lato della piscina, eccola chinarsi, quando una mano la spinge in acqua. Lei cade, sprofonda, non oppone resistenza, giù, ancora più giù. Potrebbe morire, sempre più giù.

Poi di colpo sforbicia, sgambetta, fino a schizzare con la testa fuori. Dalle orecchie le pendono i cerotti.

Sembri un coniglio, ride la madre.

Lei prende a nuotare, bracciata, rana, testa sotto, verticale, ruota.

Anche il fratello si butta.

La ragazzina si ferma e dice: papà.

Prima piano. Poi forte: papà. Più forte: papà.

In quel momento arriva una voce dall'alto. Professore. Più vicina. Professore.

Si voltano. Dalle scale del giardino scende un uomo.

«Professore» dice l'uomo, «lei viene con me.» Uno sconosciuto con una pistola.

Loro rimangono immobili mentre il Professore si alza, tocca il braccio della moglie, mormora qualcosa, e segue l'uomo.

Nessuno di noi realizzò subito che quello era un sequestro.

Parte prima

IL PRESCELTO

Lorenzo Ciabatti

1

Dell'infanzia di mio padre so poco. Me lo immagino bambino, sulle ginocchia della mamma che dopo due figli maschi avrebbe tanto voluto una femmina, ma alla fine andava bene anche un altro maschio, braccia in più per il magazzino. E ragazzo, a scorrazzare nel cortile della ditta lanciando legni di scarto al cane.

E liceale, me lo immagino liceale vivace e pieno di amici, liceo Carducci-Ricasoli, Grosseto. Infine universitario, Siena. Universitario modello.

Ma non è detto. Potrebbe essere stato un bambino problematico, insonne, cianotico, inappetente, ragazzino scalmanato e liceale emarginato, persino universitario svogliato. Grasso o magro, neanche questo so. Potrebbe essere stato chiunque, Lorenzo Ciabatti (1928-1990).

Non ci sono foto di quegli anni, tranne quella di un bambino paffuto sulla spiaggia di Marina di Grosseto. Seduto, la schiena dritta. Intorno deserto. Un bambino di un anno abbandonato sulla spiaggia, se non fosse per l'ombra che si allunga su di lui. Un adulto, mio nonno. Aldo Ciabatti.

Potrebbe essere stato tutto, mio padre, prima di mia madre.

Quello che ho conosciuto non era proprio lui, o lo era in parte, o forse non lo era affatto: pensavo fosse tirchio (la luce quando uscite dalle stanze, perdio!), invece regalava pellicce e gioielli.

Sapevo che era un gran lavoratore, e che rimaneva in ospedale fino a tardi, in realtà giocava a carte, ha perso una casa a carte, Torre Salina, sulla laguna verso Talamone.

Pensavo che mi amasse immensamente, che fossi io l'amore della sua vita, che a me, solo a me avesse raccontato tutto. Invece non mi aveva raccontato niente.

Mi ricordo la gallina...

Ecco, partiamo da lì. Torniamo indietro di molti anni, non tantissimi però. Noi siamo già nati. Mamma guida il Fiorino, nonna vive con noi, e continua a ripetere: ah, ma io prendo e me ne vado, non sono quel tipo di suocera che arriva e si piazza.

Abbiamo sei anni, poi sette, poi otto. Poi tredici. Racconto quell'arco di tempo, il più spensierato.

Ogni tanto vado da papà in ospedale per chiedergli soldi. Una scusa, in realtà: mi piace vederlo in camice bianco, mi piace camminare di fianco a lui nei corridoi, con la gente che al suo passaggio piega la testa in un semi-inchino. Mi piace rannicchiarmi sulla poltroncina del suo studio, lui dietro la scrivania, e il viavai di pazienti che gli portano regali, come questo tizio con la gallina tra le braccia. Con tutto il bene che c'ha fatto, Professore, dice l'uomo in piedi di fronte a papà. Che queste sono ovaiole, eh, non saltano un giorno. Per sdebitarci – continua quello enfatico –, perché se non c'era lei, a quest'ora Grazia era bell'e morta. Morta e sepolta.

Papà rimane impassibile. Suvvia Presicci, tenta di mettere fine all'incontro.

Non che gli dispiaccia tanta gratitudine, tutt'altro. Cambiare la vita delle persone, salvarle, è un modo di legarle a sé, di costruirsi una schiera di debitori. Di più: adepti.

Tuttavia odia il tempo perso, troppe chiacchiere. Troppe chiacchiere, Presicci. Contadino, cassaintegrato Montecatini, operaio. Povero cristo con moglie e figli. La maggior parte dei suoi pazienti sono così, indistinguibili tra loro. E pieni di riconoscenza: spigole, orate, capitoni, polli, galline. Galline come questa che l'uomo posa a terra prima che papà faccia in tempo a dire se la tenga in braccio, Presicci. Troppo tardi: l'animale sbatte le ali e prende a girare per la stanza, io alzo i piedi sulla poltrona, oddio, urlo quando mi passa sotto, aiuto, mi stringo le ginocchia al petto. L'animale gira in tondo, gira, gira, fino alla porta, che papà chiude solo per gli incontri importanti, con la gente qualunque la tiene aperta, segno per gli assistenti di entrare a salvarlo. E a salvarlo sopraggiunge Marrucci, che quasi inciampa nella gallina. Fermala, grida Presicci, ma Marrucci non ha i riflessi pronti. Superandolo, l'animale zampetta nell'atrio. Marrucci lancia una voce a Nino: acchiappala! Anche Nino non è preparato. Accorrono medici e infermieri. Cercano di afferrarla, quella è veloce però, passa tra le gambe, scivola dalle mani, e s'avvia nel corridoio dove la gente spaventata si sposta, supera Radiologia, l'infermeria, e procede dritta – possibile che nessuno riesca a fermarla? – dritta verso Medicina Donne. Che se andasse a Medicina Uomini ci sarebbero meno conseguenze, gli uomini qui sono gente di mare. Le donne no – aiuto! Oh Madonnina! Urlano.

Nella corsia l'animale è in trappola. Una barriera di infermieri blocca l'ingresso, tra lo starnazzare delle pazienti, mentre Nino si lancia all'inseguimento. A vederla qui adesso, questa gallina sembra speciale, quasi magica, con la luce dell'ospedale che la rende trasparente. Tanto che a un certo punto le donne si zittiscono, fissano la cosa bianchissima che attraversa la corsia e si confonde col pavimento, coi letti, con loro. Forse un segno, un messaggio dal cielo: voi guarirete.

C'è silenzio quando Nino la prende a pedate – bestiaccia schifosa – per poi agguantarla con le mani – maremma maiala impestata – l'animale si divincola, qualche degente protesta – però così no, via, poverina – e Nino stringe forte, più forte, l'ha presa. L'ha presa.

Che idea del cazzo, borbotta papà che durante il trambusto non si è mai mosso dalla poltrona dello studio. Io dico, che ti passa per il capo.

Il Marrucci allarga le braccia: gente semplice.

Il ghiaino, c'hanno nel capo, continua papà tamburellando le dita sulla scrivania, all'indice l'anello in oro massiccio con zaffiro incastonato. Sui bordi scritte incomprensibili, simboli. Solo da vicino, da molto vicino, è visibile un compasso. Mai nessuno però ha preso in mano l'anello che lui non toglie neanche durante le operazioni, solo a casa, a volte, per fare la doccia. Nessuno tranne una. Una che l'anello l'ha provato – indice, medio, pollice, persino al pollice le sta largo – una che con quell'anello si è guardata allo specchio: sei bellissima, tu sei la più bella. E poi lo ha rimesso a posto.

'Sta mania delle bestie vive, sbuffa papà.

Sulla porta compare Nino, la gallina stretta fra le braccia: l'ho presa.

Non ne voglio sapere nulla, lo liquida papà facendogli segno di andarsene, lui e la gallina.

Nino obbedisce. Ora il pennuto è un problema suo.

In realtà sono in molti a voler risolvere i problemi di mio padre. Medici e infermieri fanno a gara: che sia accompagnarlo a Firenze per le riunioni, che sia precipitarsi sull'Aurelia dove gli si è fermata la macchina – perché diavolo non lo cambia quello scassone, è un uomo semplice il Professore – che sia rimbiancargli casa. Radiologi, anestesisti, ginecologi, pronti a trasformarsi in autisti, imbianchini, muratori. Tutto per il Professore, perché il Professore può cambiare la vita, a molti l'ha cambiata. Un benefattore, un santo. I ragazzi che ha <u>fatto laureare</u> a Catanzaro per poi assumerli in ospedale. Ragazzi della zona, figli di amici di amici, ma anche persone semplici che grazie a lui hanno compiuto lo scarto sociale: la laurea, il primo laureato in famiglia. Genitori e parenti a stringergli la mano: senza di lei, Professore, le dobbiamo tutto...

Così anche per gli infermieri che, dopo il corso interno, sceglie lui personalmente. Sceglie e benedice. Eccoli, gli adepti, gli apostoli. Lo seguono, lo assistono, lo sollevano da ogni incombenza.

Nelle visite sono loro che tastano pance, controllano ferite, s'informano sulle condizioni, mentre lui, braccia allacciate dietro la schiena, si limita a osservare. I degenti intimoriti lo guardano di sguincio, guai a incrociare i suoi occhi, figuriamoci a rivolgergli parola.

Poi la visita prosegue: mio padre davanti, il corteo dietro, camice bianco. Come se fossero al Gemelli di Roma, al Niguarda di Milano, alle Molinette di Torino, e invece no, sono al San Giovanni di Dio, solo al San Giovanni di Dio di Orbetello, provincia di Grosseto.

E lui è il primario. Come recita la targa fuori dalla stanza: Professor Lorenzo Ciabatti – primario chirurgo.

2

Sono tutti morti. Non è rimasto nessuno a poter raccontare quegli anni: dal 1928 al 1956.

Mio padre stesso mi ha sempre parlato dell'America, nessun riferimento al tempo precedente, come se la sua vita iniziasse laggiù: New York, Presbyterian Hospital, 1956.

Lorenzo Ciabatti deve dare la notizia a Jole Ciabatti, sua mamma, non vuole dispiacerle. Da quando è morto il babbo, e Umberto e Dante si sono sposati (Umberto con Giordana, Dante con Malvina), in casa è rimasto solo lui, il più piccolo. Lui e lei. Come marito e moglie. Lei in sottoveste e capelli sciolti, mentre alla gente fuori si presenta coi capelli raccolti. Lei che prepara da mangiare e rifà il letto al suo Renzino, quando alla gente fuori, agli affittuari che non pagano, riserva solo disprezzo. Signora Jole, cerchi di capire... Io da capire ho solo i quattrini, replica mia nonna.

Fuori la vedova che rimbecca i poveracci, a casa la mamma che chiede al figlio: pettinami. E lui la pettina, pettina i lunghi capelli grigi. È vero, lei desiderava una femmina, ma in realtà, riflettendoci adesso, quello che voleva veramente era una compagnia.

Nonostante i timori e le conseguenti premure, Jole prende bene la notizia che Renzo andrà a New York. Si mostra felice: lei lo diceva che quel figlio era diverso, lo si vedeva fin da piccino, a sette mesi già camminava, a otto parlava, sai qual è stata la sua prima parola?

E dunque la vita di mio padre sembra iniziare in America. Su un palco, sotto la luce dei riflettori, così me l'ha raccontata lui: lui che sorride imbarazzato, la gente di fronte che applaude.

Applauso lunghissimo, e sentito, applauso meritato (o forse no). Bene abituarsi alle luci della ribalta, perché in America puoi diventare qualcuno, qui e ora alza lo sguardo, non vergognarti, alza lo sguardo alle luci e accogli il successo. What's your name? Determinazione e disciplina ti hanno portato su questo palco – what's your name? – lontanissimo da Grosseto, dove tornerai ma in modo diverso, da vincitore, what's your name?

Ciabatti, risponde finalmente lui. Ciabatti Lorenzo, ripete più forte al microfono.

Questa è l'America, il sogno americano.

Nel cinema di Chelsea, Lorenzo Ciabatti vive in piccolo ciò che avverrà in grande, perché avverrà, in quanti gliel'hanno presagito, sei qui per questo, Renzo, seimilaottocentottanta chilometri, dieci ore di viaggio, notte al posto del giorno, tu sei qui per il trionfo.

A essere onesti, Renzo deve ringraziare Hope. Se non fosse stato per lei, i biglietti non li avrebbe comprati, non si possono mica buttare soldi a questo modo, s'era opposto. Lei aveva insistito, puntato i piedi, messo il broncio, bisogna credere nella fortuna, aveva detto seria. Bisogna credere nella fortuna, Renzo. Mentre lui sforzava un sorriso pensando quanto fosse stupida, le americane in generale lo erano, dopo tre mesi poteva ben dirlo, belle e stupide, sempre a recitare la parte delle bambine bizzose: a sbattere le ciglia, mettere il broncio, sgranare gli occhi come Marilyn. Peccato che fossero solo imitazioni sbiadite. Anche se poi, delle ragazze incontrate, Hope è quella più vicina a Marilyn. Minuta, bionda, lineamenti regolari, l'infermiera più carina dell'ospedale. Non Jane, che tutti dicono bellissima, la più bella, che per Renzo invece è quasi repellente, perché negra, e a lui gli africani fanno un certo ribrezzo. Non che sia razzista, per carità, solo che considera i negri esseri inferiori. Nella scala evolutiva, l'anello di congiunzione tra l'uomo e la scimmia. E a guardarli bene hanno qualcosa delle scimmie, certi movimenti, un certo oscillare della testa. Senza stare a scomodare Lombroso, o Cartwright, che dimostrò scientificamente le devianze mentali degli schiavi afroamericani (la tendenza all'illegalità o la propensione al crimine), il rapporto razza-intelligenza è stato sempre oggetto di studio, dando negli anni le stesse risposte. Poi nessuno nega che un negro possa essere agile o musicale...

Arrivato a New York, quindi, mio padre decide di corteggiare Hope, non Jane.

Hope bionda, Hope bianca, Hope che alla terza uscita pianta il capriccio della riffa, la riffa è una cosa importante, Renzo, e lui che per farla tacere compra i biglietti di cui poi si scorda. A fine film lui sta per alzarsi e uscire, ma lei lo blocca: ora estraggono i numeri.

E succede. Sorprendentemente succede.

Five! Eleven! And... Twenty-two! Declama l'uomo al microfono.

Eleven.

Eleven come viale Matteotti 11, Grosseto. Casa.

Hope si agita sulla poltroncina: abbiamo vinto, lo strattona. Lui si alza e va verso il palco con gli occhi della gente addosso, la gente che batte le mani, e lo omaggia, e lo celebra. Non sanno neanche il suo nome, non sanno niente di lui, eppure oggi è un eroe, questa è l'America, l'America delle possibilità, l'America della fortuna. E la fortuna va onorata come un merito, perché qui la fortuna non è cieca. Qui la fortuna tocca i migliori. La fortuna è come la luce che si posa sui santi. Santi, eroi e navigatori.

Il primo premio lo vince una donna dai capelli rossi. Un orologio che lei afferra con foga e stringe al petto, quasi fosse la salvezza della vita, della sua misera vita, pensa Renzo, giudicando l'abitino economico, il colore troppo acceso dei capelli e la borsa consumata. Una vita ben diversa dalla sua, riflette prendendo il suo di premio, valigetta nera, apri: posate. Servizio di posate d'argento (o silver plated?). Applauso. Richiudi la valigetta. Questa è l'America.

E lo è anche la ragazza bionda che sotto il palco gli va incontro, avanza lenta per mostrarsi alla folla, cammina fino al vincitore, e lo abbraccia. Ecco, ora lui si vergogna davvero, con Hope che lo abbraccia e dice great, ripete great.

Credendoli una giovane coppia di fidanzati o di sposini, la gente applaude. Oh, mormora qualcuno. Oh, s'intenerisce.

Lui se la scrolla di dosso, odia le sceneggiate. Lei non capisce, e continua a ripetere con occhi lucidi – occhi lucidi, questa è l'America – sei un campione.

Lui capisce che non sposerà mai un'americana, moglie e buoi... adesso deve solo liberarsi di questa sciocca ragazza, senza offenderla, togliersela dai coglioni con gentilezza, perché moglie e buoi, vaglielo a spiegare.

Non hai niente da darmi? Indugia lei sotto la pensione, un palazzetto in mattoni a Brooklyn. Lui tace, lei insiste: niente, niente?, abbassando lo sguardo alla valigetta.

Ah, no, capisce finalmente lui, mi servono.

Hope pensa che Renzo abbia capito male, problemi di lingua, meglio essere più chiara: le posate.

Invece lui ha capito benissimo: in Italia gli mancano proprio le posate, solo il fratello maggiore ha un servizio da dodici, che questa roba qui se la vai a comprare in negozio...

Lei si rabbuia.

Lui si affretta a precisare: non gli servissero, gliele darebbe pure.

Lei annuisce seria, eccolo il momento perfetto per chiudere senza strascichi. Se c'è una cosa che mio padre ha sempre odiato sono le discussioni. Si congeda sbrigativo, bella serata, grazie di tutto.

Le donne però non si fanno lasciare in fretta, nessuna donna, inclusa Hope, che mormora piano: dormiamo insieme.

Mio padre e Hope sono usciti quattro volte in dieci giorni e lei gli ha sempre fermato le mani, solo baci e strusciamenti, per il resto ci vuole tempo. Piegando il viso su un lato e portandosi una mano al cuore: se vuoi una cosa intensamente, aspetti. Quanto? Tanto, si tira indietro i capelli lei.

Un tempo arrivato di colpo stasera, nell'istante in cui lui la sta lasciando. Hope sospira: è pronta a fare l'amore.

Un altro uomo avrebbe accettato, anche solo esitato, un altro uomo che avesse desiderato quella donna – perché lui l'aveva desiderata, almeno fino a quella sera. Un altro uomo, vorace, istintivo, qualunque, avrebbe detto sì. Non mio padre. Lui ringrazia, ma no: preferisce tornare a casa, non riesce a dormire con un'altra persona nel letto.

E si allontana sulla strada abbagliata dalle insegne luminose, si allontana con la valigetta nella mano destra. Venditore porta a porta, rappresentante, testimone di Geova.

A New York mio padre rimane due anni.

Due anni nei quali chiama casa una volta al mese: gambe in alto, aspirina, zucchero, camomilla, consiglia a mia nonna che ogni volta si lamenta di un male, abbassamento della vista, svenimento, rigidità, rossore, insonnia, crisi gastriche, sudorazioni notturne, incubi.

Di quegli anni papà racconta poco: tante persone, tanti incontri. Generico, vago, evasivo. Tranne per due momenti. Quei due momenti sono l'America.

Il 25 luglio 1956 Lorenzo Ciabatti deve salire sull'*Andrea Doria*, racconta ai posteri, cioè noi. Torna a trovare la famiglia. Non ha mai fatto la traversata via mare e vuole provare l'esperienza, non è una questione economica, precisa ai posteri, sempre noi, di soldi ne ha, è piuttosto la sfida di una nuova avventura. Il 24 luglio saluta amici e colleghi. La serata la passa con Hope (ma non vi eravate lasciati, papi?), cenano al Patsy's, ristorante italiano tra Broadway e la 8th Avenue, dove lui è cliente fisso, Doctor Ciabatti, lo chiamano. O semplicemente dottore, come lo apostrofa Pasquale Scognamillo uscito dalle cucine apposta per lui, dottore! Alza le braccia. L'amicizia con Pasquale Scognamillo, proprietario del Patsy's, durerà tutta la vita. I rapporti col figlio Joe Scognamillo invece saranno formali. Joe si rivolgerà a mio padre sempre con rispetto e deferenza, chiamandolo Professore.

Seduti al tavolo centrale, Hope protesta: perché non mi hai mai portata qui, ti vergogni di me, non sono una donna abbastanza di classe?

Renzo sbuffa, è un ritrovo di italiani, uomini che parlano di affari, cosa c'entra lei?

Hope tace. Perché una cosa ha capito in questi mesi: Lorenzo Ciabatti non è uno qualunque, lui in America fa affari. E lei, piccola infermiera, ingenua ragazza del Connecticut, lei con lui potrebbe sistemarsi per la vita. No che non gli ha mostrato le foto di casa sua, sugli scalini della veranda con mamma, papà e Flash, povero Flash investito anni dopo da un'automobile, quanto si vuole allontanare da quella veranda Hope, il più possibile, e Lorenzo Ciabatti è la strada.

Su questi pensieri si calma, sorride, scusa scusa, mormora. Mette una mano su quella di mio padre che però non ama le smancerie, lei dovrebbe saperlo, e ritrae la mano.

Hope sospira: voi italiani.

Pensa, dice lui, questo è il ristorante preferito di Frank Sinatra. Hope gli chiede se l'ha mai incontrato, se ha mai visto Sinatra dal vivo. *Sometimes*, risponde mio padre. Sometimes si è messo al pianoforte a cantare per pochi intimi. (Lo conoscevi davvero, papà? Cioè, vi telefonavate? T'invitava a casa sua?) Sometimes, riprende il racconto mio padre. Non questa sera. Questa sera un nano attraversa la sala per andarsi a sedere al piano. Smoking bianco, piedi che non toccano terra.

Mentre il nano s'avvia a cantare '*O sole mio*, mio padre pensa che deve parlare a Pasquale, roba da matti, troppo tempo che manca dall'Italia per ricordarsi che i nani portano iella? Gatti neri, nani, e sale caduto. Ormai però quel che è fatto è fatto, la creatura minuscola di fronte a lui canta, e qualcosa vorrà pur dire, un segno, un monito.

Quella sera mio padre decide di non partire. Non sale sull'*Andrea Doria*, parte sei giorni dopo. In aereo. (Che culo, papi! A quest'ora potevi essere morto! Ora basta! Si alza lui dal divano.)

In età scolare i posteri scopriranno che in realtà l'*Andrea Doria* era salpata da Genova in direzione New York. Ma non avranno mai il coraggio di correggere il padre. Quindi atteniamoci alla versione del·Professore, scampato alla tragedia.

A un giorno di navigazione l'*Andrea Doria* si scontra con la nave svedese *Stockholm*.

Mio padre sarebbe potuto morire in quello che fu uno dei più famosi disastri marittimi della storia. Destino, o sesto senso? Il Professore ha una preveggenza sugli eventi...

Serve forse altro per dimostrare che lui è il prescelto? Il prescelto a vivere, a compiere del bene.

Il relitto dell'*Andrea Doria* – mai recuperato – giace tuttora a una profondità di settantacinque metri. Le spedizioni più recenti hanno costatato come il materiale di pregio sia stato razziato nel tempo da sommozzatori non autorizzati.

Due anni a New York. Di quegli anni mio padre racconta poco: tante persone, tanti incontri. Generico, vago, evasivo. Tranne per due momenti. Quei due momenti sono l'America.

La prossima volta devi raccogliere conchiglie, dice il ragazzo con occhiali da vista spessi.

La ragazza annuisce. Mio padre non la riconosce subito. All'inizio vede solo una bella bionda. In quell'ascensore, con altre dieci persone, lui vede una bionda, occhi azzurri, vestito leggero. Non puoi andare alle Hawaii senza raccogliere conchiglie, insiste il ragazzo. Lei sbatte gli occhi, e allora mio padre la riconosce: è lei, lei in carne e ossa. E sì, somiglia a Hope, somiglia incredibilmente.

La guarda senza azzardare parola, come nessun altro là dentro, tranne l'amico occhialuto di lei. Dico, vai alle Hawaii e non raccogli conchiglie.

Ha qualcosa di diverso, non è solo bella, è fragile, così fragile anche a occhio nudo, tanto fragile da far venir voglia di abbracciarla. E libera, ribelle, selvaggia, remissiva, prepotente, e fragile, è fragile. Diversa, divina, non sente quello che sentono gli altri, per esempio stanotte a New York: meno sette, la gente con sciarpe, cappotti, pellicce. Lei no, lei indossa un vestitino sbracciato.

La prossima volta devi raccogliere conchiglie, ripete l'occhialuto.

Marilyn allora sospira: sai quante ne ho raccolte in vita mia.

Creatura speciale, risplende di luce propria, occhi, capelli, pelle. Pelle bianchissima, come... come un cadavere.

Ogni volta che papà ricorda l'incontro, ogni volta che rievoca la bellezza di Marilyn, ogni volta che torna con la memoria in quell'ascensore, io chiedo: le somiglio un po'?

E ogni volta, scrutandomi con attenzione come se non mi avesse mai vista prima, lui risponde: no.

3

Mio padre era un calcolatore, vendicativo, amante del potere. C'è stata un'epoca in cui all'ospedale di Orbetello comandava lui, e nessuno osava contrastarlo, fosse anche per contraddirlo su un dettaglio.

Qualcosa di quegli anni ricordo anch'io. Ricordo la stanza davanti alla sala operatoria, lì dove lo aspetto quando opera. Ricordo le lunghe attese. Ha finito? Chiedo ogni cinque minuti ai medici di passaggio. E infine lui che compare sulla porta, allora io scatto in piedi, e gli corro incontro, e gli salto addosso, il mio papà, il mio adorato papà.

Col Professore ci sono dei riti. Come quello di ascoltare i suoi racconti la mattina appena arrivati, medici e infermieri radunati.

Marilyn, narra mio padre molti anni dopo l'America, dal vivo non era così bella.

L'équipe annuisce.

Raquel Welch, invece.

Dice di averla conosciuta durante gli anni della specializzazione, una donna incredibile, che la sua équipe (gente zotica e provinciale, va detto) ne ha scoperto l'esistenza solo attraverso di lui, Raquel Welch la donna più bella del mondo, altro che Marilyn.

E se lo dice il Professore che ha viaggiato, se lo dice lui che ha stretto la mano a personalità mondiali tipo Ronald Reagan – lo sai che il Professore è amico di Reagan? – se lo dice lui che dà del tu al presidente del Consiglio e al ministro degli Interni, solo per citarne due...

Qui, a un attento biografo, i dati non tornano. Lorenzo Ciabatti ha vissuto in America dal 1956 al 1958. Il primo film della Welch è del 1964.

Ma a chi vuoi che importi, il Professore continua a salmodiare nella stanza attigua alla sala operatoria – Marilyn è uno dei primi seni rifatti della storia. Lassù, al secondo piano del San Giovanni di Dio, nella stanza con poltrone, divanetti, e posaceneri, soprattutto posaceneri ricolmi, lì dove loro – camici verdi e cuffiette – fumano prima di ogni operazione, con il paziente già dentro, addormentato, lassù lui narra di passato e presente, lui vaticina, come quel giorno che prende Martinozzi da parte: Giuliano, annuncia, da domani l'Italia non sarà più la stessa.

Quella notte avviene il golpe Borghese*. 7 dicembre 1970. E il dottor Martinozzi, fino a quel momento il meno ossequioso, diventa il più fedele: il Professore è la persona più potente del Paese.

Ora: perché un medico così preparato, unico italiano nel '56 ammesso al Presbyterian Hospital (ai posteri verrà detto: il babbo era il migliore, per questo venne scelto dall'America. Dove l'America è un concetto vago e vastissimo per intendere eccellenza), e dunque perché il miglior laureato dell'Università di Siena, nonché pupillo del professor Bellini, non entra al Santa Maria della Scala, e nemmeno a Grosseto, sua città natale?

Scelta personale.

Appena tornato da New York, Lorenzo Ciabatti viene convocato al Santa Maria della Scala, Siena. Bellini, il primario, e mio padre, uno di fronte all'altro. Come mio padre sa, entro due anni lui, il Bellini, andrà in pensione, e, come è stato deciso dai piani alti, con un dito il primario indica il soffitto (l'amministrazione? la Regione?), sarà lui, Ciabatti, il successore, cosa che lo rassicura: lasciare il suo ospedale nelle mani di un *fratello*, un chirurgo di alto livello, sa di essere l'unico in Italia specializzato a New York? Dai piani alti non poteva esserci decisione migliore. I piani alti, gli stessi che hanno mandato mio padre a New York, gli stessi che lo hanno messo in contatto con Ronald Reagan, Robert Wood Johnson II e Frank Sinatra, il dito del primario ancora verso l'alto (i santi?). Loro, sempre loro, il Bellini continua a indicare su (Dio?), benedetti loro.

Mio padre sa e ringrazia, è davvero un'opportunità, l'ospedale prestigioso, il più prestigioso della Toscana, quando a Firenze son messi malissimo, strutture arretrate, e per lui che viene dall'America, roba da terzo mondo... di contro, Siena è un modello per l'Italia tutta, per riformare la sanità nazionale, perché qualcosa bisogna pur cambiare in questo Paese, non per stare al passo con l'America, impossibile, ma almeno dietro, immediatamente dietro, uno pensa sia un problema del Meridione, invece...

Tre anni, e Lorenzo Ciabatti sarà primario di Siena. Cosa mai può arrestare la sua carriera? Anche la gestione delle proprietà di famiglia è stabilita. Giusto la scorsa settimana si sono riuniti, lui, Umberto e Dante, ordine del giorno: i terreni. Sugli immobili c'è poco da discutere: Aldo Ciabatti, morendo, ha lasciato dodici palazzi dentro le mura, ventidue appartamenti e sedici fondi sparsi in città, più ovviamente la ditta di legnami Ciabatti e figli. I terreni, invece, sono una questione confusa. Umberto ha impiegato un anno per censirli uno a uno, cento ettari totali. Cento ettari tutt'intorno a Grosseto, cento ettari dove la città deve estendersi per forza, la gente figlia e il posto dentro le mura l'è bello che finito, sentenzia Umberto.

L'idea è quella di mettersi in proprio, costruire direttamente, senza vendere o affittare, Ciabatti Costruzioni, si parla di milioni, c'è da arricchirsi, rifondare Grosseto. Case, palazzine per la povera gente, mica per i ricchi, così non serve neanche materiale di qualità. Minimo investimento, massima resa. E nel frattempo comprare terreni, altri terreni, ingrandire la città, capoluogo, provincia, metropoli, progetta Umberto. Va messa a rendita ogni proprietà, ogni centimetro di terra, speculazione edilizia. C'è da ragionare in altezza, continua Umberto, prendiamo il terreno di piazzale Marconi, lì va pensato qualcosa di alto, non dico un grattacielo però... Per non parlare dei terreni di Marina di Grosseto e Principina a mare! Umberto pianifica, paonazzo in volto, gli occhi strizzati, due fessure strettissime. Uguali a quelli dei fratelli, perché i Ciabatti hanno gli stessi tratti, marchio di fabbrica: occhi allungati, sopracciglia folte, naso largo, e bocca: labbro superiore sottile, labbro inferiore pronunciato, che conferisce loro, ai Ciabatti tutti, un'espressione di perenne scontentezza, finanche astio, un broncio naturale che allontana il prossimo. Ma se in Dante, il maggiore, i tratti sono scolpiti, tanto da somigliare a un certo punto della vita, calvo e imponente, a Mussolini, negli altri si vanno ad addolcire. Si annacquano di genito in genito, quasi fossero i geni a sbiadire (il gene Ciabatti!), dando sempre l'impressione di quell'astio originario, misto però a una dolcezza, improvvisa e sinistra. Il Professore è un benefattore, il Professore è tanto buono...

E dunque i tre fratelli riuniti discutono del patrimonio. Renzo ascolta, approva, ogni tanto dissente. Dante neanche quello, rimane in silenzio per l'intera riunione, solo alla fine dice sì, un sì sbrigativo che fa inalberare Umberto: impestata cagna, ci vuoi mettere la testa? E Dante, calmo: vedi, io apprezzo quel che tu fai a livello familiare, senza di te qui s'era già bello che venduto tutto... E allora vendi, prendi la tu' parte e vendi, dottore in legge, avvocato! Scatta Umberto. E Dante, sempre calmo: non si tratta di vendere, il tuo interesse è locale, regionale, mentre io...

Io cosa?

Io penso alla Patria.

Ma vai in culo, te e la patria.

Al di là dei diverbi che rispecchiano antichi rancori (alla morte del padre, Dante e Renzo hanno fatto il comodo loro, università, America, loro, *i laureati*, mentre Umberto si occupava della ditta) sia Renzo, sia Dante assecondano il fratello. E non sbagliano. Quello che Umberto costruisce è un vero impero, lasciamo perdere che vicende varie lo concentreranno quasi per intero nelle sue mani. A lungo anche i fratelli ne godranno. Anzi, proprio grazie a questo, possono permettersi di occuparsi d'altro. E di sbagliare, e di perdere soldi, cosa che Umberto non manca di ricordare, se non c'ero io... Specie a Dante, se non c'ero io, te... ripete. Il Paese, la Patria... borbotta... se non c'ero io, te stavi a zappare la terra con la catena al piede.

Frutto del progetto di Umberto, una specie di delirio di onnipotenza ma limitato al territorio, è anche il Forzasauro, squadra di calcio di Grosseto creata da lui – stavolta senza *i laureati* – di cui rimane presidente onorario per l'intera vita. Anche vecchio, il Forzasauro fuso con lo Scarlino, Forzasauro Scarlino, Umberto segue il campionato: ogni domenica entra nei piccoli stadi di paese, appoggiato al bastone senza il quale non può più camminare. E in piedi, oltre la rete, mai sulle gradinate, assiste alla partita, vede giocare i ragazzi, di cui non conosce nemmeno i nomi, non sono quelli dell'inizio, e nemmeno quelli dopo, questi sono i figli dei figli dei figli. Eppure a bordo campo Umberto Ciabatti tutte le domeniche della sua vecchiaia si commuove, gli occhi pieni di lacrime, come se sul prato fossero tornati i primi, quelli di allora, i suoi.

Ma torniamo al 1959, Siena. Mio padre sa di avere le spalle coperte dalla ricchezza di famiglia, ovvero libertà, nessuna scelta obbligata. Sarà primario a Siena.

Cosa succede allora? Perché le cose non vanno come devono andare?

È una lunga riflessione la sua, un ragionamento lucido. Meglio: strategico. Incomprensibile ai più. Del resto l'uomo giusto è indifferente alla massa, l'uomo giusto, quale lui è, si occupa del bene.

Renzo non crede in Dio, né al destino, l'illusione dei deboli, lui crede nell'uomo. Nella superiorità di certuni. Superiorità intellettiva che comporta anche una sorta di preveggenza, chiamiamola così, l'uomo superiore ha una visione lucida del futuro, la capacità di stigmatizzare cause ed effetti, cause ed effetti, fino a effetti lontanissimi, cinquanta, cento anni oltre.

Questi uomini, pochissimi in verità, privilegiati che si riconoscono e si uniscono, sono privi di vanità – la trappola dell'uomo qualunque – il loro è un ragionamento più vasto (Italia-America), la misurazione della forza, forza nuda e cruda, che la vanità invece indebolisce. L'uomo superiore sa che il vero potere è invisibile.

Camminando per le strade di Siena, oggi, 9 agosto 1959, Renzo discerne ambizione mondana da forza reale – cammina cammina – il sole che cade al centro di piazzetta della Selva infuocando i sampietrini. È qui e adesso, nella luce bianchissima di una mattina di agosto, che il Professore esita. Indugia nell'ombra all'imbocco della stradina, fermo sulla piazza, mio padre non pensa al futuro, alla carriera – in tre anni diventi primario – lui pensa all'America. È di nuovo a New York, al Rockefeller Center, insieme a Hope, sempre Hope, a cui ha appena detto no. Forza, è bellissimo, ha insistito lei, ci teniamo per mano! Lui si è fatto serio – ho detto no – così serio da spaventarla. Va bene, pattinerà senza di lui, pattinerà per il suo piacere.

Eccola volteggiare sul ghiaccio. I capelli sciolti sulle spalle, l'andatura esperta. Chissà quante volte ha piroettato sotto lo sguardo di uomini desiderosi. La vede volare, quasi, poi d'improvviso inciampare, cadere – chissà quante volte ha pattinato per un uomo, per il desiderio di un uomo, cento mille, ragazza ingenua – per rialzarsi subito, rossa in viso, eppure sorridente, e infine riprendere la corsa, agitando la manina guantata di verde, goodbye, mentre svanisce – questo vede Renzo ora – diventa trasparente, fantasma, venendo verso di lui, più si avvicina e più si dissolve, goodbye Renzo, più avanza e più perde consistenza, e non è mai esistita.

Il passato prossimo si annebbia, si confonde, luoghi, strade, Hope, insegne luminose, diventando un'unica donna perduta. Un'unica donna senza nome, amata e perduta.

Lasciala andare, Renzo, abbandona ciò che è stato per accogliere quello che sarà, quello che tu decidi che sia, rinuncia all'effimero.

Dopo due anni di specializzazione a New York, mio padre potrebbe scegliere Siena – racconta la gente – primariato, cattedra universitaria, studio privato. Invece decide di immolarsi in un ospedale di poco conto, è una persona semplice, lui. Lorenzo Ciabatti si sacrifica in un piccolo paese per il bene della povera gente. E la gente parla di questa scelta, ne parla ancora oggi che lui è morto da anni. Il Professore era così, un uomo buono, un benefattore.

A trentun anni è primario dell'ospedale di Orbetello. All'indice della mano destra l'anello d'oro con zaffiro quattro carati, e simboli laterali, l'anello dell'università americana, verrà detto ai posteri. L'anello del potere, diranno medici, infermieri, e gente del paese: il Professore è un uomo potente.

Un anello che nessuno mai terrà in mano. Nessuno tranne una. Lei che se lo infila di nascosto – indice, medio, pollice, persino al pollice le va largo – lei che rimirandosi allo specchio dirà a una folla immaginaria: io sono la regina.

---

* La notte del 7 dicembre 1970, un gruppo di uomini capeggiati da Junio Valerio Borghese (già comandante della X^a MAS) tenta un colpo di Stato. Il golpe viene fermato in corso di esecuzione dallo stesso Borghese per motivi mai chiariti. Nei piani c'era l'occupazione del ministero dell'Interno, del ministero della Difesa, e delle sedi RAI. Prevista la deportazione degli oppositori in Parlamento. Sempre nei piani erano stabiliti il rapimento di Giuseppe Saragat, capo dello Stato, e l'assassinio di Angelo Vicari, capo della polizia. Dagli studi RAI, Borghese avrebbe diffuso il proclama ufficiale alla nazione: «Italiani, l'auspicata svolta politica, il lungamente atteso colpo di Stato ha avuto luogo...» (testo ritrovato nei cassetti di Borghese). Una delle teorie è che lo stop del golpe fosse stato un ordine dei servizi americani, che avrebbero dato sostegno al colpo di Stato solo nel caso che a capo del nuovo assetto politico ci fosse stato Giulio Andreotti, il quale, invece, rifiutò.

4

Io sono la regina, mi rimiro nello specchio.

Mi chiamo Teresa Ciabatti, ho quarantaquattro anni, e a ventisei dalla sua morte decido di scoprire chi fosse davvero mio padre. Diventa la mia ossessione. Non ci dormo la notte, allontano
amici e parenti, mi occupo solo di questo: indagare, ricordare, col-
legare. A quarantaquattro anni do la colpa a mio padre per quello che sono. Anaffettiva, discontinua, egoista, diffidente, ossessionata dal passato. Litio ed Efexor prima, Prozac e Rivotril poi,
colpa tua, solo colpa tua, papà.

Mai andata sulla sua tomba, cimitero di Orbetello, fronte laguna. Tranne una volta, a vent'anni: papà, fai che Giorgio s'innamori di me. E non ricordo neanche chi fosse Giorgio, un compagno
di università, forse.

Compulsiva negli innamoramenti non corrisposti. Paolo, Luigi,
Guido, Andrea, Stefano, Giorgio. E poi: Matteo, Roberto, Enrico,
Luca, Mario, Filippo. Anche questo colpa del padre, autoritario,
gelido, assente, maledetta figura paterna, padre dispotico, minaccioso, vendicativo, dannata figura paterna, a tratti tenero, premu-
roso, attento. Se non si ripetessero identiche, potrei elencare tutte
le situazioni umilianti in cui mi sono trovata col genere maschile,
in cui mi sono buttata quasi cercando dolore.

E la volta che in lacrime mi sono presentata a casa sua (Roberto o Enrico?), dicendo che qualcuno mi stava seguendo, e io avevo paura, tanta paura, e al citofono lui mi ha detto che dormiva, maledizione, e neanche solo. Fine.

E quando lui, mi pare Filippo, mi diceva non insistere, ti prego, e io niente, ho insistito, continuando a telefonare, mandare messaggi, scrivere mail, ti amo, non ho mai amato nessuno in questo modo, finché stremato lui è stato costretto a dirmi: non mi piaci fisicamente, ok?

E la volta che ho minacciato di uccidermi, e il tizio, non ricordo il nome, mi ha detto: problemi tuoi.

E la volta che sono andata dal ragazzo che mi aveva appena lasciata, Mario, questo me lo ricordo bene, dicendogli sono incinta, nell'ultimo tentativo di farlo rimanere con me, e lui mi ha detto se vuoi, ti accompagno ad abortire. E io allora ho finto di fare tutto da sola, andare in ospedale, abortire, ho chiuso gli occhi e ho sentito come uno strappo, uno strappo fortissimo... uscire barcollante dall'ospedale, tornare a casa, per poi comunicarglielo, pensando che almeno questo lo spingesse a tornare: ho rinunciato a nostro figlio per te. Invece niente, sparito. E io ho pianto, notti e notti, le mani sulla pancia, come se avessi perduto davvero un bambino, quando non c'era mai stato nessun bambino.

E la volta che lo sconosciuto mi ha detto: io ti scopo, ma tu ti devi far pisciare in bocca.

Eppure, di contro, questa ragazza né brutta né bella, bei capelli bella bocca, tratta malissimo chi la corteggia, chi osa invitarla a uscire, o anche solo farle un complimento, un timido complimento – bei capelli bella bocca – provando ribrezzo, quasi vomito, rabbia, incontenibile rabbia per tutti gli uomini che la cercano, che la guardano anche solo con un breve lampo di desiderio.

5

Molti più dettagli sulla vita di Lorenzo Ciabatti si hanno dal 1969 in poi, quando entra in scena mia madre, Francesca Fabiani. Allora sapremo tutto, o crederemo di sapere tutto. Sapremo dei denti rovinati, della tirchieria, del tentativo di bloccare la caduta di capelli con una lozione che si fa mandare dall'America, Remox del dottor Oscar Klein.

Sapremo del loro primo incontro.

Orfana di padre ("... con sublime stoicismo in attesa del nemico incalzante e su di esso con virile forza d'animo bruciava le ultime cartucce della sua arma prima di immolarsi per la grandezza della Patria. Tenente Riccardo Fabiani. Opyt, Fronte Russo, 20 gennaio 1943"), Francesca cresce con la madre, Marcella Pileri, mia nonna, Teresa Pileri, sua nonna, mia bisnonna, e Stefania Fedeli, la cugina, mia zia. Vivono nel retro del negozio di cappelli di nonna Teresa, via dei Prefetti 32, Roma. Nello stesso letto dormono Francesca, Stefania e Marcella. La sera le bambine s'infilano sotto la coperta, dalla porta socchiusa il riverbero della luce della stanza dove Marcella lavora sulla Singer. Si addormentano sullo sferragliare della macchina da cucire: ora uno sferragliare di treno, gli occhi al finestrino oltre il quale sfila il mare, ora un orologio a cucù, un bellissimo cucù, da cui sta per uscire l'uccellino, cucù! Ora la ruota del luna park, e loro sopra, a girare nel cielo, in alto, mai state così in alto! Il mondo sotto, piccolissimo.

Durante il giorno Francesca e Stefania stanno in negozio. Da dietro il bancone spiano le signore che provano cappelli. Piume, tese larghe, corte, velette. Tutte vogliono le velette. La sera viene riposta la merce nelle scatole, tranne le testoline di polistirolo dove sono poggiati i cappelli, le testoline che nella penombra paiono teste mozzate, tanto che Francesca deve abbassare lo sguardo e farsi più vicina alla mamma, una mano, una gamba, un contatto qualsiasi per placare l'angoscia, perché ci sono notti che sogna le testoline vive con occhi e bocca, e ha paura. Se potesse eliminarle... eliminerebbe solo quelle, il resto no: negozio, cappelli, lavoranti, topi sul retro, anche i topi terrebbe. Fino al liceo.

Al liceo il lavoro di nonna diventa un problema, esattamente quando scopre che alcune delle signore a cui la madre arrampicata su una sedia prende le misure della testa, quelle signore che si rimirano nello specchio senza neanche vedere Marcella alle spalle, quasi fosse evanescente, senza rivolgerle parola se non un la tesa più larga o la veletta più corta, ebbene quelle signore eleganti sono le madri dei suoi compagni di scuola. Prima Francesca non ha mai riflettuto sulle differenze sociali. Prima erano tutti uguali, tutti bambini. Ora c'è Vittorio che abita a piazza Fontanella Borghese in un palazzo che porta il suo cognome! Ora c'è Vittorio che un pomeriggio la invita a casa sua a studiare. E c'è lei che attraversa il cortile con fontana, lei che sale la scalinata in marmo, e si sente a disagio, così a disagio, e piccola, e inadeguata, che a ogni scalino il passo si fa più pesante, pesantissimo nel corridoio dove si susseguono busti di antenati severi, busti con occhi e bocche come le testoline di polistirolo degli incubi, e il respiro diventa affannoso, il cuore accelera, gli occhi si riempiono di lacrime – vergogna, paura? – questo luogo non è per te, Francesca Fabiani, e la paura diventa rabbia.

Così mia madre, rinvigorita, si volta e torna indietro, corridoio, scalinata, cortile. Veloce, leggera, respiro e cuore di nuovo regolari.

A suo modo è una ragazza impudente, sfida le regole, rifugge le facili fascinazioni. Orgogliosa, Francesca Fabiani figlia di Marcella Pileri, modista, e Riccardo Fabiani, caduto di guerra, diventerà la donna che vuole essere, e lo diventerà con le sue forze, addio principe Vittorio, la cui casa lei non vedrà mai.

La vita di mia madre si svolge tra via dei Prefetti, negozio, e piazza del Collegio Romano, liceo classico Visconti. S'impegna, con risultati buoni, non eccellenti. Il pomeriggio studia con Fiorella, figlia di portiere. Con lei Francesca si sente bene, non si vergogna di invitarla a casa, né si sconvolge di casa di lei, lo stesso lettone dove dormono in tre, la stessa cucina che è anche salotto.

Ma secondo te l'amore vero come si riconosce? Chiede Fiorella, il mento poggiato sul libro. Mia madre sbuffa, che ne sa, e neanche le interessa.

Fiorella si tortura la fronte, mi guardi se ho un brufolo?

E infine: di noi sei tu quella col seno più bello.

Francesca alza gli occhi dal libro: che c'entra ora?

Terminato il liceo mia madre s'iscrive a Medicina. Per mia nonna non è facile mantenerla agli studi, eppure ce la fa, grazie a lavoretti extra da sarta. Lei vuole il meglio per la figlia, per l'orfana di padre che custodisce in una scatola di latta sotto il letto le cartoline dal Fronte ("Alla mia bambina. Ti penso sempre. Papà").

Francesca Fabiani si laurea con 110 e lode. La famiglia orgogliosa, in particolare Stefania, che prima di essere cugina è amica. Stefania e Fiorella, le amiche del cuore.

Di loro conserva le foto della settimana alle Tremiti. Mia madre in acqua, cuffia a fiori bianchi in testa, e ciambella. Lei non sa nuotare. Ride – i denti bianchissimi. Mia madre ride a Fiorella che scatta la foto. Togliti la ciambella! Macché: venticinque anni, due fidanzati alle spalle, chi la vuole la prende così. Lei non cambia per nessuno, sia chiaro, si arrampica sugli scogli, il fisico asciutto, preferisce rimanere sola, annuncia. Ora è in piedi, la ciambella sui fianchi, il tono sicuro di chi sa quello che vuole, lei è una donna autonoma, meglio zitella che sposata all'uomo sbagliato.

E quale sarebbe l'uomo sbagliato? Domanda Stefania distesa

sullo scoglio, senza neanche aprire gli occhi, quest'anno vuole diventare nera.

Uno che ti limita la libertà, uno che ti impedisce di lavorare.

Fiorella – bikini succinto – poggia la macchina fotografica: però il lavoro nella vita non è tutto.

Mia madre alza gli occhi al cielo.

Bisogna anche scendere a compromessi, dice Fiorella, più a sé stessa, magari non trovi l'uomo perfetto... però ti fai una famiglia, dei figli. Pensa a una bambina, i tuoi occhi, i tuoi capelli, te la immagini, Francesca?

Dopo la laurea, segue la specializzazione: anestesia. Mia madre entra al Gemelli, nell'équipe del professor Pietro Valdoni, il Migliore, così lo chiamano, medico del papa, l'uomo che ha salvato la vita a Palmiro Togliatti. Cos'altro può desiderare una neolaureata? Ha faticato per diventare medico, è la sua missione, confessa con slancio alle amiche, l'idea di aiutare chi sta male... le si inumidiscono gli occhi. Come sei retorica, France', la rimbecca Stefania. Lasciala fare, la difende Fiorella, bisogna avere un sogno nella vita.

Anche mia nonna crede nel sogno della figlia. Al negozio, prendendo le misure della testa delle clienti: mia figlia medico dice; mia figlia medico fa; oh, signora Clara, le avevo detto che mia figlia è diventata medico?

A completare lo status borghese manca solo una casa. Mia nonna vorrebbe darne una alla figlia.

Grazie a un prestito bancario e all'indennità di guerra del marito, Marcella Pileri può pensare di comprare casa. Va a vedere un appartamento nel nascente quartiere Parioli. Primo piano di una palazzina all'interno di un comprensorio: signorile, elegante, grandi vetrate sul verde. Purtroppo costa più del previsto, senza considerare le spese ordinarie, portieri, giardinieri, condominio. Non può permetterselo. Si vergogna a dirlo, farfuglia che deve pensarci, rivolta al ragioniere incaricato delle vendite. La palazzina è quasi finita, mancano i dettagli: porte, infissi, pavimenti. Bellissima, davvero bellissima, dice mia nonna, scusandosi tanto per il disturbo, ma desidera prima vedere altre case, non può decidere così su due piedi. In quel momento sull'apertura della porta non ancora montata compare un uomo. Alto, giacca e cravatta. Raul De Sanctis, si presenta a mia nonna col baciamano. L'ingegnere, precisa il ragioniere. L'ingegner Raul De Sanctis in persona, costruttore del comprensorio. Mia nonna s'intimidisce: buonasera, ingegnere.

Forse De Sanctis prova tenerezza per quella donnetta di carattere, vedova di guerra. Capisce che il suo è un problema di soldi, così scende di prezzo, la facilita con rate di pagamento più larghe. L'appartamento col tempo – pochissimo tempo, il quartiere è in pieno boom – sarà un piccolo tesoro, assicura De Sanctis. Ha ragione.

È il 1967 quando mia madre si trasferisce con mia nonna e la mia bisnonna nella casa di via dei Monti Parioli 49a dove passa poco tempo, l'ospedale è la sua vera casa: oltre ai turni lunghissimi, e agli orari reali, subentra il fattore emotivo. Francesca fatica a lasciare i pazienti. Va bene, piano piano si abituerà, pensa. Per adesso non riesce a gestire l'empatia, al punto che Valdoni è costretto a rimproverarla: i sentimenti vanno separati dal lavoro, impossibile pensare di fare questo mestiere se si è troppo sensibili.

Francesca si scusa, promette di cambiare.

Soprattutto con la bambina, precisa Valdoni.

Cambio, professore, assicura lei.

Non cambia. Due giorni dopo tra le braccia della piccola malata di leucemia un orsacchiotto di peluche, il loro segreto, si raccomanda mia madre, nessuno deve sapere che gliel'ha regalato lei. La bambina, senza lasciare l'orso, abbraccia la dottoressa, un abbraccio a tre. Dottoressa, bambina, orso. Quant'è morbido, la cosa più morbida che abbia mai avuto nella vita...

L'ospedale riempie le giornate di mia madre, e le notti. Dirada gli incontri con le amiche, Fiorella e Stefania, per i ragazzi invece proprio non ha tempo (esci con quel poveretto, la incitano Stefania e

Fiorella riferendosi all'unico corteggiatore che ha che le manda fiori e l'aspetta sotto casa. Per carità, ribatte lei, con quegli occhi spiritati... E ridono, ridono distese sul letto. Pensano che un po' di tempo ci sia, non rischiano di rimanere zitelle, cinque anni ancora, tra cinque anni si prende il primo che passa).

Da quando è medico è come se il mondo attorno le si manifestasse sotto forma di richiesta di aiuto, o in punto di morte. Lei è quella che per strada si ferma a soccorrere la vecchina in difficoltà, quella che nel parco medica il bambino appena caduto di bicicletta, quella che rimane a parlare con l'uomo dell'elemosina, fino a portarselo a casa per offrirgli un pasto caldo, con mia nonna che mette il muso perché non vuole sconosciuti tra i piedi, specie se puzzano, le facesse in ospedale le buone azioni.

Mia madre esce e rientra a casa in orari improbabili. A volte sulle scale incrocia Ambra, la figlia degli Angeloni, terzo piano. Buongiorno buonasera, mai una parola in più. Sa poco di lei, sa che ha circa la sua età, e lavora come segretaria presso un notaio. Buongiorno buonasera, ancora sulle scale. La intenerisce quella ragazzona imponente, le spalle curve per sembrare meno alta, ingoffata in abiti a nascondere le forme, specie il seno. Una ragazza che di certo non attira l'attenzione degli uomini, ma la pietà delle donne, quelle più sensibili come mia madre, che riconoscono, nei movimenti sgraziati e negli occhi sempre bassi, la fragilità.

È inverno, un freddo inverno romano, quando nottetempo suonano alla porta. Mia madre si alza, mia nonna anche, non la mia bisnonna, sonno pesante. Sulla porta la cameriera degli Angeloni: mi scusino per l'ora, piange in vestaglia. Poi rivolgendosi a mia madre: dottoressa, si è ammazzata.

In camicia da notte, scalza, mia madre sale al terzo piano, sull'ingresso il generale Angeloni e la moglie. È morta, piange la signora. Mia madre chiede dov'è. In bagno, risponde il generale. Mentre loro rimangono lì impalati, lei prende il corridoio, gli appartamenti del comprensorio sono fatti allo stesso modo, stessa identica piantina (grazie, ingegner De Sanctis). La porta del bagno accostata, lei la apre. Nella vasca piena d'acqua rossa di sangue c'è Ambra priva di sensi, si è tagliata le vene. Ambra, Ambra, la scuote mia madre, ma quella non si muove. Prende due asciugamani che le annoda ai polsi per bloccare l'emorragia, cerca di tirarla fuori, dio quanto pesa. È tutta vestita, camicia accollata, gonna e collant. Sulla gonna una spilla da balia. Quanto pesa, alla fine mia madre riesce a tirarla fuori. Ambra, la schiaffeggia, Ambra! Sente il polso, non è morta, Ambra Ambra, finché quella non socchiude gli occhi, ha occhi azzurri. Sbatte le palpebre, disorientata, dove si trova, cosa è successo, respira, comincia a ricordare, muove la testa, tossisce: mi ha violentata, dice.

6

Orbetello, provincia di Grosseto, è un comune di ottomila abitanti (oggi quattordicimilanovecentosei), situato al centro dell'omonima laguna, importante riserva naturale. Economia principale: pesca, allevamento ittico, attività turistica; industria: Montecatini, gruppo Montedison (fertilizzanti chimici e prodotti esplosivi). La Montecatini però non dà certezze a lungo termine, può chiudere, licenziare, chi li ha mai visti i veri capi. Ebbene, se la fabbrica non è una sicurezza per il futuro, sul territorio esiste un'altra struttura che invece lo è. Entri lì, e rimani per la vita: l'ospedale. Il San Giovanni di Dio, struttura di eccellenza, basti pensare che nel 1969 è dotato di un reparto di radiologia all'avanguardia, a differenza del reparto di Grosseto. Questo grazie al primario che ha studiato in America e che ha fatto del piccolo ospedale di paese un polo avanzato, nonché riferimento dell'intera bassa Toscana: Port'Ercole, Porto Santo Stefano, Isola del Giglio, Talamone, Massa Marittima, Capalbio, Pitigliano, Manciano, Magliano in Toscana, Grosseto. E dall'alto Lazio: Montalto di Castro, Tarquinia, Tuscania, Viterbo. In verità c'è anche gente che viene da Roma per farsi operare dal Professore. Un luminare, dicono, un uomo di grandissima umanità.

Chirurgo eccellente, garantisce il professor Valdoni all'allieva. È un'occasione per lei, dottoressa – sempre Valdoni – nella struttura c'è solo un altro anestesista, significa esperienza, tre mesi di esperienza che equivalgono a un anno al Gemelli.

Mia madre è sul punto di rifiutare, lasciare colleghi, pazienti. E anche mia nonna, mica ce la fa a starle lontano, sarebbe la prima volta. È lì lì per alzarsi, stringere la mano a Valdoni, e ringraziarlo per aver pensato a lei, ringraziarlo davvero, ma lei preferisce rimanere a Roma. Lo sta per dire, quando Valdoni precisa che il primario di Orbetello è suo amico personale, un amico a cui vuole rendere una cortesia.

Francesca Fabiani arriva a Orbetello provincia di Grosseto il 18 febbraio 1969. Tre mesi passano in fretta, si rincuora. La vita di paese la spaventa. Immagina noia e desolazione. Va bene, lei proviene da una famiglia umile, ma di cose ne ha viste: feste, abiti da sera...

Un metro e cinquantotto, nelle descrizioni della gente di Orbetello sarà una ragazza molto alta. Una romana alta e mora.

Forse il fisico proporzionato, i fianchi stretti e le gambe lunghe contribuiscono all'inganno visivo.

Non che abbia un'ossatura forte, né una corporatura robusta; piuttosto, è muscolosa e compatta. Ha ossa sporgenti, e occhi cerchiati. Anche stanotte non hai dormito, sospira mia nonna. Mamma, sono nata con le occhiaie.

Le sopracciglia sottili (colpa della moda del tempo: a forza di depilarsele non ricrescono più, lo stesso per Fiorella e Stefania), i capelli così spessi che non subiscono nessuna variazione con l'umidità.

Eccola parcheggiare la Cinquecento rossa davanti all'ospedale, fra le proteste degli avventori del bar di fronte, che poi sono medici e infermieri. Eccola, Francesca Fabiani, jeans, capelli sciolti, borsa di pelle, l'immagine dell'indipendenza femminile. Della ribellione, della libertà, e a scendere. Perché in tanti si lanceranno in illazioni – troia, lesbica, strega – in tanti la bolleranno. Comunista, sessantottina, brigatista.

È il 1969, all'ospedale di Orbetello non ci sono dottoresse, e continueranno a non esserci per altri vent'anni. Fino alla morte del Professore. Molti diranno un caso, altri diranno il Professore non ha fiducia nelle donne. Mia madre è tra quelli che dicono un caso, il Professore stima le donne, lei si batte per negarne il maschilismo, guardate me, guardate le possibilità che mi ha dato!

Ma questo succederà tra qualche mese. Per adesso è fuori dall'edificio, in cerca dell'entrata, dovessero scomodarsi a mettere cartelli. Avanza fino a un grande ingresso su strada, entra: pronto soccorso. Più avanti. Si affaccia oltre un cancello: camera mortuaria. Torna indietro. Si ferma alla cappella. Una piccola cappella che pare una grotta, senza finestre, quattro panche, un altare e in fondo, a occupare l'intera parete, un Gesù Cristo in croce. Un Gesù Cristo sproporzionato. Benedizione o maledizione?

Benedizione! Non sia mai: per Francesca Fabiani ogni cosa è bene. Per la ragazza pura che è, per la donna buona che s'avvia a diventare, per l'esempio di carità e sacrificio che crede d'incarnare (tu non sei buona, non sei santa, tu sei il demonio! Le griderò io molti anni dopo nel corridoio di casa).

Sulla porta della cappella, mia madre rimane incantata di fronte al Gesù che le pare un messaggio dal cielo, come a dire tutto andrà bene, te lo garantisco io... perché la sua fede ha qualcosa di infantile, più legata alla fantasia che al dogma. E dunque, sulla porta della cappella, rinvigorita dal Gesù tridimensionale, mia madre ferma un portantino: dov'è l'entrata. Quello indica la scalinata. Questo ospedale non ha senso, scuote la testa lei, fa schifo, si lascia sfuggire.

Quando più tardi viene ricevuta dal Professore, dall'altra parte della scrivania c'è il portantino. Era sciatto, non portava il camice, giustificherà l'errore a noi posteri.

Lui la guarda. La guarda soddisfatto di avere già un potere su di lei, perché quella frase – l'ospedale fa schifo – genera una colpa. E poiché lui è uomo magnanimo, sorride. E perdona.

Quello stesso giorno Francesca Fabiani viene presentata all'équipe. Strette di mano, sorrisi, sembrano tutti così disponibili...

La lezione della madre – non fidarti subito delle persone – non l'ha mai imparata, né mai l'imparerà. Per l'intera vita Francesca Fabiani tenderà a mettersi nelle mani del primo che capita, aprirgli casa, talvolta consegnargli la gestione dei soldi, per poi da un giorno all'altro interrompere i rapporti senza spiegazione, in alcuni casi mettendo in mezzo l'avvocato.

Ma torniamo a quel primo giorno. Camice bianco, inizio turno. Dopo l'incontro faccia a faccia, Francesca rivede il Professore nel corridoio e in sala operatoria. Lo saluta, lui risponde con un cenno della testa, abbassando lo sguardo. È timido, lei lo ha capito. Timido, sfuggente, introverso, si accorge di pensare lei. Di pensare a lui sempre più di frequente. Passano due mesi, tre. Burbero, sensibile, grande senso del dovere, compone lei il quadro di lui mese dopo mese. Quando la prima volta di notte squilla il telefono, lei si sveglia e pensa che sia l'ospedale, un'emergenza. Pronto, pronto, risponde. Dall'altra parte silenzio. Pronto. Silenzio. Così la seconda volta, una settimana dopo. E la terza, e la quarta, fino a diventare una consuetudine. Quasi ogni sera Francesca riceve la telefonata muta. Sa che dall'altra parte c'è lui, ne è sicura. Lui che vuole assicurarsi che stia bene, che sia a casa. No, Francesca Fabiani non pensa neanche per un attimo che lui voglia spaventarla.

Lei ha trent'anni, lui quarantuno.

Lui è scapolo, lo scapolo più ambito della Maremma, e non per avvenenza. Un metro e settantaquattro, pochi capelli, sovrappeso. Denti piccoli, da bambino, irregolari. Mascelle poco pronunciate e mento sfuggente gli conferiscono un'aria mansueta, a tratti malinconica.

Anche gli occhi – marroni, quasi gialli – che si piegano in giù verso l'esterno, come le labbra – flosce, più pronunciato quello inferiore, marchio Ciabatti, già l'ho detto, vero? – suggeriscono l'idea del cagnolone buono.

Le mani no. Mani pesanti. Un suo schiaffo può far male. Come se la vera forza – a dispetto dell'altezza, a dispetto del fisico tozzo – fosse lì, nelle mani dalle unghie curate, nelle mani dalle dita pelose di orco, nelle mani dove campeggia l'anello.

L'anello non è l'unico monile. Al polso il Professore porta un orologio, oro massiccio, al collo una catenina con crocefisso, d'oro anche questa, tutto oro, tutto è oro.

È lui lo scapolo più ambito della Maremma.

Quest'uomo normale, non elegante, a volte trascurato (mocassini bucati, calzini spaiati). Quest'uomo che mangia disordinato, un pasto intero solo la sera. Fra un'operazione e l'altra, Coca-Cola: ha vissuto in America, lui... Quest'uomo che fuma quattro pacchetti di sigarette al giorno.

In tante sognano il ruolo di moglie del Professore, perché è ricco – proprietario di mezza Grosseto, dicono – carismatico. Ha amici potenti, si sussurra. Governo, Vaticano, Esercito. Ha legami con l'America, lui.

Qualcuno dice che abbia una fidanzata americana, nessuno però l'ha mai vista, che sia finocchio? Per l'amor di dio, non diciamo scemenze... Va spesso in America, avanti e indietro. Anche a Grosseto è pieno di donne. Poi arriva questa dottoressina da Roma – ma l'hai vista? Che avrà di speciale. I denti da cavallo. Vivace, sorridente, in pantaloni, arriva lei e se lo prende. Arrampicatrice sociale, mignotta, fattucchiera, l'accuseranno anche di questo nelle lettere anonime.

In pochi mesi succede tutto: corteggiamento, malintesi, rappacificazioni. La prima uscita, il primo bacio.

Il Professore, di natura burbero, con Francesca si apre, le affida il suo dolore: è orfano, mamma e babbo morti. Oh, povero tesoro, si commuove lei. Ecco la ragione del carattere chiuso, della diffidenza verso il prossimo. No, non sono morti insieme, a distanza di un anno, prima babbo, poi mamma, confida lui. Il babbo d'infarto, la mamma... eh, la mamma, difficile parlarne...

Francesca lo carezza, capisce, anzi no, capisce solo in parte, perché un conto è perdere un solo genitore come è successo a lei, un altro perderli entrambi. Deve essere atroce, uno strazio infinito.

Renzo abbassa lo sguardo, poi dice sì.

Fatica a parlare, a raccontare di quella notte in cui la stufa ha preso fuoco e la mamma è morta nel sonno. Carbonizzata. E lui, avvisato dell'incendio, lui che voleva entrare, trattenuto dai vigili del fuoco, fatemi entrare, lui che lottava per liberarsi dalla stretta, lasciatemi, si divincolava per andare a salvare la mamma, mamma. Troppo tardi. Se solo quella sera fosse stato a casa, se fosse rimasto con lei...

Francesca tenta: non è stata colpa tua... poi tace. Tace al cospetto di tanta tragedia e sofferenza e destino.

Tempo dopo, una notte che hanno appena fatto l'amore, lei azzarda: parlami di tua mamma.

Lui s'irrigidisce.

Com'era.

Normale.

Lei lo abbraccia, gli prende il viso tra le mani, vorrebbe dirgli che da oggi c'è lei a occuparsi di lui – guardandolo negli occhi – da oggi ci sono io, amore mio.

Siamo ad aprile.

A giugno, mio padre porta mia madre a Grosseto a conoscere la famiglia.

Viale Matteotti 11, terzo piano, casa Ciabatti, Umberto Ciabatti.

Ad accoglierli sulla porta fratelli, cognate e nipoti: Renzo, Renzino! Tu devi essere Francesca: finalmente! Zio, che regalo c'hai portato? Giulio, ora ti prendi una labbrata. Babbo, Giulio m'ha dato un calcio nello stinco! Ci scusi, Francesca, sa come sono i bambini...

Renzo li presenta: Umberto, Dante, Giordana, Malvina, e i bambini, i piccoli Ciabatti: Giulio, Riccardo, Laura, Aldo, Enrico, che carini, si somigliano tra loro, l'espressione degli occhi e della bocca, si vede che sono Ciabatti.

In cucina, seduta a capotavola, una vecchina dai capelli grigi raccolti in uno chignon. Francesca saluta, buongiorno, deve essere una zia, pensa, finché Renzo non dice: mamma.

Francesca è confusa, deve aver capito male.

Mia madre, ribadisce Renzo.

E siccome Francesca non reagisce, si ostina a credere che quella sia una zia, una vecchia zia, Renzo racconta: le ho detto che ero orfano di babbo e di mamma, mamma morta in un incendio. Tutti ridono, la vecchina alza gli occhi dal piatto: ti piacerebbe, lo fulmina.

Suvvia mamma, replica lui. E ancora ridono, tutti tranne Francesca. Nessun incendio, nessun orfano. Renzo ha questo lato goliardico, fin da ragazzo, dice Umberto, se era per lui eravamo tutti morti. Ti piacerebbe, maledetto, ripete la madre. Raccontagli del Giorgetti, lo scherzo al Giorgetti che ancora ci piange, porino, interviene Giordana. Allora anche Francesca si rilassa, sorride. Renzo è così, giocherellone. I suoi sono scherzi. O prove d'amore? Pensa lei, che per mesi si è presa cura dell'orfano. E adesso incontrare la madre in carne e ossa, la madre creduta morta dell'uomo che ama... Lei però è una donna buona. Lei non s'indigna come farebbe qualsiasi altra donna, lei, Francesca Fabiani, è diversa. Abbraccia forte la donnina piccola, l'abbraccia con gli occhi pieni di lacrime, e la chiama mamma. Proprio così: mamma, dice. Nel trasporto di quella riparazione di dolore. Mentre la vecchina le sussurra all'orecchio: avete fatto all'amore?

Certo, qualcosa cambia. Non è quel dolore, il motivo di tanti silenzi e ritrosie di Renzo. Così se li era spiegati mia madre, nella sua testa c'era un bambino che aveva perso i genitori, un bambino traumatizzato, un ragazzo addolorato, un uomo triste. Ora chi c'è? Chi è che le siede accanto nella cucina di Umberto Ciabatti, chi è che le prende la mano e annuncia ai familiari: noi ci sposiamo.

Tripudio, gioia, i nipoti che saltano attorno al tavolo. Abbracci, che notizia meravigliosa, oh Renzo, oh Francesca! Brindisi!

Jole Ciabatti, mia nonna, si limita a sorridere. Sorride e annuisce. Avete fatto all'amore, ripete tra sé e sé, senza che nessuno le dia ascolto. Alzheimer. Ancora due anni e la metteranno in una casa di cura. Ancora due anni e fisserà con sguardo vacuo figli, nuore e nipoti, tranne rari guizzi in cui ci scambia per altri, gente morta da anni. Mamma, dice a me che ho sei anni, io non ho fatto all'amore, giuro.

In mezzo alla felicità per l'annuncio, l'unico a rimanere in silenzio è Dante.

Dante Ciabatti*, il maggiore. Scruta mia madre. Allegra, ingenua, espansiva, troppo espansiva, romana, comunista, gli pare proprio comunista, sì. Questa è una che mette bocca, Renzo, è una che ti controlla, decreta Dante a mio padre, che mai riferirà a mia madre: già ti vogliono bene, dirà invece.

In pochi mesi succede tutto: bugie, verità, regali. In ospedale, nel suo studio – due stanzette stipate di quadri, argenti, e pezzi etruschi trafugati dalle tombe, tutti omaggi di pazienti – mio padre consegna a mia madre il regalo di fidanzamento. Magari non le piace, tentenna, voleva farle una cosa utile, un qualcosa che si usa, l'anello poi arriverà, non temesse, ma ora voleva un qualcosa di diverso, magari ha sbagliato, nel caso può cambiarlo.

Valigetta nera.

Lei apre: posate. Un servizio di posate d'argento – silver plated, scoprirà poi – un servizio da dodici. Lui ribadisce che si può cambiare.

Macché cambiare, esulta mia madre, le piace! Mai nessuno le ha fatto un regalo così, così... non riesce nemmeno a definirlo. Insomma, quelle posate sono un desiderio di famiglia. Sì, conferma lui, le ha comprate dal Cocchia a Grosseto.

Lei allora se lo immagina. Lo vede entrare nel negozio, guardarsi intorno impacciato. Lo vede avvicinarsi al signor Cocchia, e spiegargli la situazione: deve fare un regalo alla fidanzata, qualcosa che rimane.

E immagina male. Dovrebbe invece immaginare New York, un cinema di Chelsea, un'altra donna...

Quella sera, a fine turno, mia madre esce dall'ospedale con la valigetta.

Venditore porta a porta, rappresentante, testimone di Geova.

* Dante Ciabatti (1921-1997), soprannominato l'Infaticabile, combatte nella X^a MAS e partecipa al golpe Borghese. Prima di lasciare l'Italia, Licio Gelli lo nomina reggente del Fronte Nazionale. Fugge in Svizzera. Nel 1974 torna in Italia, ricoverato per cinque mesi alla clinica Villa Flaminia per un generico "problema cardiaco", mai riscontrato né prima, né dopo. Muore nel 1997.

7

Non quello nero, voglio essere colorata... e la borsetta argento, e i sandali col tacco perché a Orbetello c'è un solo negozio di scarpe e non hanno scarpe col tacco, dovrei andare a Grosseto, ma coi turni in ospedale figurati, scusa mammina se ti chiedo tanto, se potessi verrei a Roma io, cerca di capire, implora Francesca al telefono, è una serata importante.

Vai con lui? Chiede Marcella all'altro capo.

Poi ti spiego, risponde la figlia evasiva.

Francesca, s'inalbera Marcella, è bene che non ti presenti appariscente, le persone di paese chiacchierano.

E via col discorso su rispettabilità, onore, età da marito, ma Francesca non ascolta più, già sentito mille volte (... illibati, bisogna arrivare illibati...), lei con la testa è altrove, a sabato, alla festa dell'aeronautica (... mai mostrare le cosce...), è la prima volta che il Professore si fa accompagnare da una donna in una circostanza pubblica e lei vuole che lui sia fiero della persona al suo fianco, della dottoressa che viene da Roma, sa in quante desiderano il suo posto, per questo deve essere degna, la più degna, col vestito di Pierre Cardin e la borsetta argento (... trentun anni, Francesca, per carità, hai dedicato molto tempo allo studio, però rischi, ecco rischi... senza voler usare parole di spregio), s'immagina sulla terrazza dell'aeronautica, di fronte al mare, lei e lui a guardarsi negli occhi, luci della terra dall'altra parte, orizzonte, remota galassia.

Zitella, figlia mia, ammonisce la voce della mamma all'altro capo, rischi di rimanere zitella.

Intanto a Roma tutte le sue amiche si sposano: Fiorella, Stefania, e tra pochi mesi Ambra. Già, proprio Ambra, che sembrava destinata a rimanere sola. Invece sposa, e anche bene: il notaio da cui lavora, vedovo, una figlia, più vecchio di lei di vent'anni. Non mi ha detto niente, replica Francesca sconvolta. Subito dopo chiama l'amica: perché lo sposi? È l'unico che mi abbia mai desiderata veramente. Mia madre controbatte, forse ha cancellato il passato, quello che è successo... Oh, sminuisce Ambra, Giorgio è un impulsivo...

Quella notizia turba a tal punto mia madre da minare la sua felicità. Si confida con mio padre: come può sposare quell'uomo? Come si può sposare un uomo che ti ha violentata? C'ero io, Renzo, a tirare fuori Ambra dalla vasca piena di sangue... come puoi voler passare la vita con il tuo carnefice? Non si capacita mamma.

Un venerdì di luglio mia nonna, Marcella Pileri, parte per Orbetello accompagnata da Piero Pileri, il fratello: rivedrà la sua bambina che non vede da un mese, potrà assicurarsi se mangia, se è in salute, finanche controllare l'ambiente in cui sta, non che non si fidi, Francesca si fa rispettare, precisa a Piero durante il viaggio, è che non sa vedere il male nel prossimo. E poi le occhiaie... ti pare normale, Piero, che una ragazza della sua età abbia quei cerchi neri intorno agli occhi?

Mia nonna si aspetta il peggio. Nel viaggio Roma-Orbetello annuncia al fratello un tempo minore, oggi maggiore coi dieci anni che si toglie lei: se è ridotta male me la riporto via, al diavolo professoroni, Valdoni, qui ne va della salute della mia bambina.

Con in testa l'immagine della figlia emaciata, pallida, le occhiaie scure, mia nonna stenta a riconoscere la giovane sorridente che scende di corsa la scalinata dell'ospedale, abbronzata, capelli sciolti. Bella, bellissima, camice bianco. La ragazza che attraversa la strada e si tuffa nelle sue braccia. Grazie, le dice prendendo la valigia, sono così felice, mamma.

Sì, è vero, sta benissimo. Anche le occhiaie, sparite.

Dimmi almeno chi è lui, tenta Marcella, a cui Francesca ha confidato di aver incontrato qualcuno.

Mia madre taglia corto, le dirà poi, per ora deve fidarsi di lei, non vede com'è emozionata, erano anni che non si sentiva così, anni, o forse mai.

Dimmi chi è, ripete mia nonna.

Un uomo speciale.

Il Professore ha una vecchia Lancia Flavia che dovrebbe cambiare, tutti a dirglielo, specie Nino: non la posso vedere in quell'affare, Professore. La macchina si ferma spesso, e chi corre a recuperarlo? Chi se lo va a riprendere ogni volta sull'Aurelia? Nino, sempre Nino. Ma il Professore è testone. Uomo semplice, lavoratore, non ha manie di grandezza.

Eccolo allora nella sua Lancia bianca, ore 20, 12 luglio 1969, eccolo a via del Rosso ad aspettare la fidanzata. Nessuno ci avrebbe scommesso, lo davano per scapolo. Troppo dedito al lavoro, troppo tirchio. Il Professore non avrebbe mai condiviso il suo patrimonio con una donna. Hai presente il grattacielo di Grosseto? Si mormora. Suo. Mica scherzi, il Professore è l'uomo più ricco del Grossetano, lui e i fratelli, gente coi quattrini, quattrini veri. Ma quando scende al CRAL, mai una volta che abbia gli spicci. Ho lasciato il portafoglio su, dice in camice bianco e zoccoli, così scende al bar. Camice, zoccoli, e codazzo di medici dietro. E ogni volta Sindelica da dietro il bancone: per lei è tutto gratis, Professore. Perché quante volte lui l'ha curata, lei e tutti i parenti suoi.

Nessuno avrebbe detto che una sera si sarebbe trovato ad aspettare la fidanzata sotto casa per andare a una festa. Invece è successo. Succede.

Il portoncino sulla strada si apre, e compare lei: abbronzatissima, capelli raccolti, tacchi alti, vestito... Ora io dico, si storce il Professore tra sé e sé, con tutti i colori del mondo, con tutti i colori normali del mondo...

Non trovavo le scarpe, sale in macchina lei, da me c'è un gran casino, dico sempre che devo riordinare... Si lascia andare sul sedile. Non ho tempo nemmeno di fare il bucato... Poi si blocca. Lo guarda. Non si sono neanche salutati, lei lo ha subito travolto con le chiacchiere, poverino, le viene da ridere, lui taciturno, doveva capitargli proprio una donna così, giura che quando saranno marito e moglie parlerà di meno, lo giura! E si allunga a dargli un bacio, anche in quello è più veloce di lui, più intraprendente. Lo prende e lo bacia sempre. Non in pubblico, non in ospedale. Non lo farebbe mai.

Lui accende il motore, sempre in silenzio.

Sto bene? Chiede lei dopo un po'.

Sì, tentenna lui.

Dimmi la verità.

Molto verde.

Il vestito è verde acceso. Mio padre non sa che quello è un modello Pierre Cardin, un ambitissimo Pierre Cardin che mia madre ha fatto la pazzia di comprare con i risparmi dei primi stipendi. Lui non lo sa, né lo capisce. Per Lorenzo Ciabatti l'eleganza è nero, pelliccia, oro, molto oro. In realtà non sa bene cosa sia l'eleganza – basta guardarlo – crede di saperlo però, e quel vestito non lo è. E se deve essere sincero, si vergogna ad andare all'aeronautica con Francesca vestita a quella maniera.

Non è per il reggiseno, che non porta, è quel verde, quel verde pisello quasi fosforescente a metterlo davvero a disagio.

Francesca Fabiani ha una seconda abbondante, seno piccolo e sodo che sta su da solo. Non è una donna appariscente. Mai truccata, mai scollata, mai scosciata. Non porta il reggiseno, va bene. Non perché sia scostumata, è solo una femmina cresciuta tra femmine. Abituata a girare per casa nuda, fra le proteste di mia nonna – ti vedono dalla finestra – e le difese della mia bisnonna – lasciala campa', Marce' – ha un'idea libera del pudore. Per dormire si toglie tutto.

Dove cazzo vanno, io dico, sbuffa mio padre alla guida. Sono sulla diga, c'è traffico. È sabato sera, ricorda mia madre. Lui non si calma, e continua a imprecare: Maremma diddio.

Francesca, che ormai ha imparato a conoscere i modi burberi, il fare maremmano, e più ancora suo, tutto suo, del Professore, non si agita.

Il pallino della vacanza, ve la do io la vacanza, protesta mio padre, avviando la solita invettiva contro i romani: maleducati, prepotenti, si credono che il mondo è loro, rincitrulliti, fannulloni, bischeri. Lui odia i romani. E ancora: finocchi, ignoranti.

Un'altra donna, in quanto romana, si sarebbe offesa. Non mia madre, lei comprende. E mentre lui si sfoga, rimira il panorama: guarda la laguna com'è piatta stasera, e il gabbiano... il gabbiano che scende e si tuffa... guardalo tornare su con un pesce nel becco.

Gli muoiono nello stomaco, dice mio padre.

Oh, s'intristisce lei. È un attimo però, il tempo di voltare lo sguardo all'altro lato: il monte dei Frati, la croce sulla cima, un giorno le piacerebbe arrivare fin lassù, ci si arriva solo a piedi, deve essere una passeggiata bellissima. Superano Santa Liberata, il mare sulla destra che sbuca dalla vegetazione rada, e Villa Agnelli, dove Renzo dice di essere andato molte volte, tu vedessi la Susanna Agnelli, un uomo.

La cala del Villa Domizia, guarda quelle case sugli scogli. Quanta bellezza, mai Francesca Fabiani avrebbe immaginato tanta bellezza. Tutta questa bellezza.

Che succede ora? Il Professore rallenta fino a fermarsi. Lunga fila di macchine. La gente del campeggio, borbotta, che se potesse lui gli darebbe fuoco al campeggio. Suona il clacson. Dà una manata al volante, vai in culo campeggio. Poi con scatti nervosi – marcia indietro, prima, gira – esce dalla fila per compiere un'inversione sulla strada stretta a doppio senso, attento Renzo, si agita mia madre. Basta: passeranno per la Panoramica, alla fine c'impiegano meno che a stare in fila con questo branco di stronzi.

La strada Panoramica, ventisei chilometri sulla costa scoscesa, va da Port'Ercole a Porto Santo Stefano. Priva di illuminazione, sale su fino a cento metri, per poi riscendere. Da un lato macchia mediterranea, dall'altro strapiombo sul mare. Basterebbe poco per precipitare, venti trenta metri. Mio padre accelera, mia madre, mettendogli una mano sul braccio, dice: vai piano. Basta un attimo, a una curva, la strada è tutta curve, e giù. Cadere cadere. Un volo di trenta metri, la macchina in mare. Cadere cadere. Morire. Vai piano, ripete mia madre. Mio padre sorride, mica avrai paura. Lei non risponde, mentre lui accelera ancora, non è un gioco divertente, Renzo, si aggrappa alla maniglia sopra il finestrino, lui sorride, gli occhi fissi alla strada. Con una mano le dà un buffetto sulla guancia, che fai, reagisce lei, tieni il volante. Mica avrai paura, ripete lui. Lei tace, trattiene il respiro, un'altra curva e un'altra ancora, strapiombo, cinquanta sessanta metri, poi sbotta: sì, ha paura, tantissima paura, vaffanculo Renzo, perché deve spaventarla così.

Lui non risponde, accelera. E prende una curva larga, passando a un millimetro dal ciglio della strada, burrone, morte. Ora lei inizia a piangere. Francesca Fabiani, immobile sul sedile, piange. Ti prego, Renzo, implora.

Lui scherza, quanto sei tragica, ma non rallenta, continua a salire su per la strada velocissimo, curva dopo curva, sempre più in alto, ancora più in alto, cento metri dal mare, e mia madre chiude gli occhi, non vuole più guardare. Che lui abbia desiderato fin dall'inizio questo, solo questo, una donna da uccidere. Moriranno insieme. Usciranno di strada e cadranno per cento metri fino a precipitare in mare, e sprofondare giù nell'abisso, quanto tempo impiegheranno a morire? Lei non vuole morire affogata, preferisce morire in volo, di paura.

Poi di colpo la frenata. Mia madre viene sbalzata in avanti, mio padre con un braccio le impedisce di schiantarsi contro il vetro. Lei riapre gli occhi, giusto in tempo per vedere un'ombra sulla strada.

L'auto continua a frenare, frena frena, sbanda, invade l'altro lato, sbanda ancora, rumore di freni, mia madre viene sbalzata all'indietro, batte la testa, si aggrappa al sedile, urla, rumore di freni.

Infine silenzio.

L'auto ferma sulla strada. Buio, deserto.

Ci vuole un po' a realizzare che è finita. Va tutto bene, siete ancora vivi.

Mio padre e mia madre riprendono fiato. Non si guardano. Lei si asciuga le lacrime, respira respira, inizia a calmarsi.

Cos'era? Chiede dopo un po'.

Una lepre.

8

Il Professore fuma Marlboro, beve Coca-Cola, e mastica Brooklyn. Masticando una cicca, come la chiama lui, scende la scalinata dell'ospedale.

In strada una Giulietta. Lo sportello del guidatore si apre: Nino. Nino affannato che gli va incontro.

Camice bianco e zoccoli, il Professore si avvicina alla macchina. Non lasciarla accesa, dice a Nino, invece di ringraziarlo per averla portata fin qui.

Scusi, scusi, s'affretta a replicare Nino.

Sale in auto, protesta ancora: basso com'è, Nino s'è tirato avanti il sedile, non lo vede che lui sta schiacciato al volante? Nino si precipita, cerca la rotella, il Professore lo allontana malamente: il sedile se lo sistema da solo, perdio.

Freno a mano, freno, frizione, gli zoccoli rallentano la spinta, se li sfila, e adesso, piedi nudi sui pedali, raschia la seconda e parte.

Ha comprato la macchina nuova. Nino è andato a ritirarla dal Brunero, il quale aveva molto insistito col Professore: dato il suo ruolo prestigioso doveva avere una Mercedes! Manie di grandezza, aveva commentato il Professore sprezzante, per scegliere invece una più modesta Giulietta. Giulietta bianca.

La tirchieria del Professore.

Riscaldamento spento tutto l'anno. Telefonate solo dall'ospedale, a carico dell'azienda ospedaliera, specie se interurbane e intercontinentali. Quando metterà su famiglia, lucchetto al telefono di casa.

Tuttavia la sua vera croce sarà il lampadario di Murano. Regalo di Licio G. – come c'è scritto nel biglietto e in molti altri biglietti che accompagnano regali sempre più costosi, Licio G., a volte solo L.G. – un amico di Arezzo, dice il Professore, uno che ha operato di varicocele (cos'è il varicocele, papà? Niente). Valore: due milioni di lire. Bianco, tre livelli, cinquanta lampadine. Appeso al soffitto del salone, il Professore si raccomanda di non accenderlo mai. Ma siccome in tanti trasgrediscono, a volte dimenticandolo acceso, cinquanta lampadine che consumano tutte insieme, siccome nessuno in quella casa sembra comprendere il valore dell'elettricità, lui chiama Nino a far togliere le lampadine. Il lampadario per sempre lassù, scheletro, carcassa nel buio, a incombere sui bambini che ci passano sotto (Gianni, ti prego, dammi la mano).

Anche la macchina, se non avesse avuto l'incidente, il Professore non si sarebbe mai deciso a cambiarla. La vicenda della Panoramica, colpa dei freni, ha detto a Francesca. Il meccanico ha trovato i freni bruciati. Ma questo è passato, passato remoto, venti giorni fa, e venti giorni sono una vita, oggi è presente. Oggi il Professore a piede nudo pigia l'acceleratore. Oggi fa il giro della piazzola, la piazzola con fontana centrale, detta piazza dell'ospedale, sotto lo sguardo di tutti, da ogni direzione, anche dall'alto, è da lassù, affacciata a una finestra del San Giovanni di Dio, che lo guarda Francesca. Qualcosa sta cambiando, glielo dicono in tanti: com'è diverso il Professore da quando c'è lei, dottoressa. Più allegro.

Non che a lei andasse male com'era prima. Lo ha voluto esattamente così, orso. Persino tirchio. Non sarebbe mai potuta stare con un vanitoso, sai quanti le sono capitati a Roma. Quel cretino in Porsche, figlio del proprietario di cliniche. O l'altro bamboccio che si aggirava per le feste in smoking, almanaccando i viaggi recenti. Uomini che lei trovava ridicoli. Provava anche a uscirci, una due volte. La fine era sempre la stessa: sotto casa, bacio frettoloso, è un problema mio, scusami – si giustificava – credo di dovermi concentrare sull'università, fare qualcosa per le persone che soffrono...

Bollata come rompicoglioni, patetica, si crede Giovanna d'Arco, gli uomini le stavano lontano. Renzo no. Con Renzo è stato diverso, mai una volta lei ha pensato quel provincialotto sovrappeso... Ogni cosa di lui la intenerisce, ogni dettaglio inadeguato: i mocassini con la suola bucata, le camicie non stirate, l'appartamento modesto, un bilocale a pochi metri dall'ospedale. Fino alla macchina.

La vecchia macchina che le mancherà, deve essere sincera, quella macchina che custodisce i loro ricordi: primo bacio, secondo, terzo, primo viaggio a Grosseto dai Ciabatti, e quello a Santo Stefano per la festa dell'aeronautica dove non sono mai arrivati. Eh già: quella sera, dopo aver quasi investito una lepre, dopo aver sfidato la morte – sadismo? prova? – lei frastornata ha chiesto di essere riportata a casa. In tanti mesi è la prima volta che si ritrae. Non sa più se vuole sposarlo, se è l'uomo giusto. Per l'intera strada del ritorno non si scambiano parola. Lui potrebbe scusarsi, dire che è stato uno scherzo, suvvia, uno scherzo sfuggito di mano. Non lo fa. Resta in silenzio, come se fosse lei a dovergli chiedere perdono, abituato com'è ai rapporti di potere. Arrivati a Porto Santo Stefano lui riprende la provinciale. Esce dal paese, Cala Rossa, Filippo II, Pozzarello, svolta allo stabilimento bar Le Formiche, le sigarette, dice. Scende, mentre lei aspetta in macchina. Lei col suo vestito da sera verde pisello, e la borsetta argento fra le mani. Ora non vorrebbe essere lì, ma a Roma, a una festa con Fiorella e Stefania. O da Ambra, a darle sicurezza, povera Ambra: tu sei bella e non lo sai.

Che ci sta a fare in questo posto desolato? Stringe la borsetta, la stringe al petto come uno scudo, o una bambola, la sua bambola preferita. Mamma, pensa, vienimi a prendere. Cosa c'entra lei coi Ciabatti, col grattacielo, cosa c'entra lei con le madri morte per scherzo, e Frank Sinatra, cosa c'entro io, mamma, portami via.

Poi al suo finestrino compare lui. Nell'oscurità non l'ha visto arrivare. Fumiamo? Dice col pacchetto di Marlboro in mano. Il tono di voce pacato. È davvero tenerezza, la sua? Si domanda Francesca. Guardalo, occhi miti, sorriso incerto. Esiste davvero questo uomo impacciato ma buono? Stringe le labbra, la ruga in mezzo agli occhi, è dispiaciuto... sì, esiste, si convince di nuovo, esiste quest'uomo burbero eppure sensibile... allora lei cede, fumiamo, andiamo a fumare. Lui le apre lo sportello, e si dirigono giù, alla spiaggia. Per le scale lei traballa sui tacchi, lui le dà il braccio, lei si appoggia, e insieme scendono sicuri.

Seduti di fronte al mare, lei si sfila le scarpe. Sigaretta, offre lui, facendo scattare l'accendino Dupont oro massiccio. La fiamma le illumina metà viso.

Lei aspira. Silenzio. Orizzonte di luci. Cos'è? Chiede poi indicando laggiù.

Orbetello.

Le luci della remota galassia, è Orbetello la tua remota galassia, Francesca Fabiani.

Alle spalle i fari delle auto, baluginii che passano veloci: luce che si allarga sulla sabbia, come a illuminare una terza presenza, e schiarisce, schiarisce, per sparire riassorbita dal buio. Tutto buio, la spiaggia, il mare, lui, lei, il vestito verde che nessuno vedrà. Poi di nuovo luce, cerchio di luce, lui che spegne la cicca sulla sabbia, lui che prende la mano di lei, luce che schiarisce, e sbiadisce, e si spegne nel buio.

9

Mio padre e mia madre si sposano il 23 settembre 1970, ore 10.30, cattedrale di San Lorenzo, Grosseto. Testimoni di lui: Marcello Faccendi e Umberto Ciabatti (seconda scelta, dopo il no di Dante che in questo matrimonio non crede). Testimoni di lei: Stefania Fedeli e Antonio Vittori (cugino, figlio di zia Maria, sorella di mia nonna).

Le foto ritraggono mio padre in giacca scura, pantaloni grigi, camicia bianca. Non un completo su misura. Non sarà mai un uomo elegante, lui. A guardarlo bene, anche nei completi che mia madre lo costringerà a farsi confezionare in occasione di congressi e serate di gala, anche in quegli abiti di sartoria, lui avrà sempre dettagli dozzinali: cravatta troppo colorata, scarpe sformate, cintura marrone su pantaloni neri.

Davanti al duomo una grande folla. Una folla composta anche da curiosi, come se a sposarsi fosse un attore del cinema. Professore Professore, inneggiano. Mio padre racconta di nonna Jole che, costringendo Umberto a darle il braccio, da sola cammina male, si avvicina a lui e lo abbraccia. Aldo, gli sussurra scambiandolo per il marito morto, non devi fare all'amore. Poi fratelli, nipoti, cugini, amici... che io oggi nelle foto tento di riconoscere – l'uomo dietro la colonna non è Giorgio Almirante?

Poi finalmente nell'album arriva la sposa. Ho iniziato a piangere dall'albergo, ricorda mia madre. Tuttavia nelle foto non si nota, il sorriso dalla dentatura perfetta biancheggia dando l'idea di felicità, immensa felicità – ehi, ma questo tizio nano non è Amintore Fanfani?

Mia madre, accompagnata all'altare da zio Piero, a metà navata, racconta, si ritrova di fronte Laura. Laura Ciabatti, anni nove, con un fiore in mano. Laura Ciabatti, la più entusiasta. Quanto le piace la nuova zia! La mi' zia m'ha regalato una bambola gigante, la mi' zia mi fa mettere le scarpe col tacco, la mi' zia mi porta a Roma a vedere il papa, racconta a tutti. Quanto le piace quella zia affettuosa. Quella zia a cui va incontro con un fiore lilla raccolto apposta per lei. E mia madre scoppia a piangere. Dal passato tornano le parole di Fiorella: immagina una bambina, i tuoi occhi, i tuoi capelli... In questo momento mamma pensa a me, un anno prima che io nasca. Già esisto, in forma di desiderio.

Il vestito di mia madre è una delusione per molti. Con tutti i soldi che c'ha il Professore, la dottoressa poteva comprarsi un abito da sposa, perché quello non lo è, senza velo, senza gonna a campana, né fiocchi, né balze, quello non è un vero abito nuziale, non venissero a dire.

Davanti complimenti: bellissima, elegante, radiosa.

Dietro: poveraccia, zingara, inadeguata.

Davanti: la dottoressa è una donna solare, intelligente, il Professore aveva bisogno di una donna così, lui è stato in America, ha sacrificato la vita personale per i malati e i bisognosi, anche i poveri, quanto ha fatto lui per i poveri, meno male che alla fine ha incontrato la donna giusta, meno male.

Dietro: la bifolca, pezzente, quanti se ne sarà girati prima di lui.

Trentanove anni dopo, in ritardo rispetto alle convenzioni, a sposarmi sono io. Anch'io delusione, anch'io oggetto di critica, però democratica, uguale davanti e dietro. Ti sposi come le lesbiche, in pantaloni, direttamente in faccia le mie amiche. Dietro: che donna sciatta, dice mia cognata.

Sono grassa, non mi entra niente, mi rifiuto di andare da Elena Mirò – taglie forti. Dimagrirò. Passano settimane, mesi. Mi riduco a pochi giorni prima del matrimonio. Sono sempre grassa. Opto per pantaloni bianchi (con spilla da balia al posto del bottone che non si chiude) e blusa bianca, tanto ci sposiamo in campagna, una cosa semplice, siamo persone semplici, noi. Noi che stiamo insieme da otto anni, noi che abbiamo una figlia di tre, e questo matrimonio è solo una faccenda burocratica, diritti del coniuge in caso di morte eccetera... È più una festa tra amici, io per esempio non ho invitato nessun parente, a parte mio fratello. Gianni, che arriva all'ultimo momento e riparte subito dopo la cerimonia, non posso stare a pranzo, scusate, un appuntamento di lavoro. E io lo guardo avanzare tra la folla di amici, conoscenti, e sconosciuti – amici e parenti di mio marito che non ho mai visto prima – io seguo mio fratello con lo sguardo, giacca scura, spalle leggermente curve, stai dritto, vorrei dirgli, e continuo a seguirlo, finché non lo vedo più. Inghiottito anche l'ultimo pezzo di famiglia, e ora sono sola, nessun altro ad avere il mio stesso cognome, unica Ciabatti su questo grande prato allestito a festa.

Sorrido poco, voglio solo che arrivi sera, che arrivi domani. Cosa celebriamo del resto? Siamo già una coppia con una figlia. Sbuffo al taglio della torta, quando mio marito attacca un discorso sulla felicità di essere riuscito a sposarmi, non ci sperava più, e io lo interrompo, basta così, odio la retorica. Assistendo a questa scena molti mettono in dubbio il mio amore: lo ama davvero? Io stessa mi soffermo a riflettere: lo amo davvero? Non lo so. Non sono abituata a valutare ciò che provo per i viventi. I viventi ci sono. E oggi siamo qui, in questo convento del Quattrocento, casa di mio marito. Evviva gli sposi!

Mia madre sarebbe stata felice, ho sposato un uomo perbene, onesto, mio padre un po' meno, ho sposato un comunista. Eppure lui, mio padre, avrebbe saputo cogliere il lato positivo: ho sposato un uomo ricco.

Non ci sono foto del matrimonio. Le ho proibite. L'unica è una foto di mia figlia. Vestitino rosa, sandaletti bianchi, coroncina di fiori in testa. Se rivedo le mie foto di bambina, lei è identica a me. Quella bambina che insegue il cane sul prato di casa è la mia fotocopia.

I miei genitori, loro sì che hanno fatto un vero e proprio servizio fotografico, m'imbatto nelle foto degli sposi con i parenti stretti: papà, mamma. Da un lato nonna Jole aggrappata al braccio di zio Dante, zio Umberto. Dall'altro nonna Marcella e zio Piero – un attimo, questo signore di spalle non è Licio Gelli?

Sempre nelle foto riconosco zia Ambra e zio Giorgio.

Gli unici amici di mamma che papà abbia accettato d'invitare. Non Fiorella, a lui non piace. Mamma mi racconta che zia Ambra in quel periodo ha iniziato la sua trasformazione. Da quando si è sposata ha perso venti chili, si è tinta i capelli di biondo, elegantissima, il marito le compra vestiti e gioielli, un marito che a lei non è mai piaciuto (zio Giorgio?), ma lasciamo perdere, questo è un altro discorso, s'incupisce mia madre...

Sfoglia, sfoglia, c'è anche una foto di mia nonna da sola, vestita color castagna, abito di seta e soprabito di merletto, cappellino in testa. Agitata, nervosa, lo si vede chiaramente, o almeno io che la conosco lo vedo, soddisfatta, emozionata, contrariata.

Lei avrebbe gradito più invitati della sposa – zia Pierina, zia Idania, e perché, la cugina di nonno Riccardo, Italia Fabiani? – ma si doveva lasciar spazio agli invitati del Professore, più di cento, ha spiegato mia madre, lui è una personalità con rapporti di lavoro da onorare. E rapporti politici – per l'appunto: questo tizio in giacca chiara è Roberto Gervaso, sono sicurissima, è lui, credo...

Nonostante le spiegazioni, mia nonna non si placa: almeno zia Idania, ritorna sull'argomento nell'arco della giornata, zia Idania che ha ricamato le maniche del vestito...

Sapessero, madre e figlia, che si dice del vestito: è forse un abito da sposa quello? Per favore, uno straccetto da spiaggia. E il velo? Una sposa senza velo, povero Professore, una comunista, una sessantottina, un'hippie.

Ma questo mia nonna non lo sente, per adesso percepisce amore, e gioia, la grande gioia di tutto il paese per l'evento, lei può testimoniarlo, lei che è arrivata a Orbetello quindici giorni fa per aiutare mia madre nei preparativi, specificando: se sono d'ingombro, me ne vado... e invece si è rivelata utile, nonostante fosse tutto pronto, è stato comunque utile averla a casa. La stima e l'affetto per gli sposi che mia nonna ha percepito in quei giorni. Non solo per i regali. Centinaia. A casa e in ospedale: servizi di piatti, vasi, argenteria, pezzi etruschi trafugati dalle tombe, quadri. *Pianura con cavalli e soldati*, Giovanni Fattori. Francesca domanda da parte di chi sia un regalo tanto prezioso.

Il Professore sminuisce: una semplice copia.

(Molti anni dopo, le generazioni a venire, noi, chiederanno una valutazione del quadro: settecentomila euro. È originale.)

Il regalo più bizzarro tuttavia non è il Fattori, né la testa etrusca, né la riproduzione in argento di un teschio umano. Il regalo più strano arriva a casa una mattina.

Lo consegna un ragazzo, un giovane abbronzato tanto gentile che insiste per portarlo fino su, racconta mia nonna, non vuole che la signora si scomodi, allora lei gli offre un caffè, il giovane rifiuta, deve proprio andare. Da parte di chi? Chiede mia nonna sulle scale, e quello: il Professore sa.

Mia madre trova il regalo la sera, al ritorno dall'ospedale. Cerca il biglietto. Non c'è.

Scarta il pacco e oh, un uccellino! Un uccellino impagliato dentro una gabbia di bambù, deve essere un passerotto, le piume morbidissime! Si avvicina: com'è colorato! Le pare di buon augurio, un regalo così colorato e originale, alla fine queste sono le cose che piacciono a lei, meno istituzionali, più folli. Lo terrà in salotto o in camera da letto, anche se Renzo non vorrà, lui non ama esporre oggetti che non siano di valore, peccato, a lei questo uccellino pare meraviglioso!

Mia nonna, rimasta a lungo in silenzio, allunga un dito. È vero, mormora toccando l'animaletto. Ma no, replica mia madre. Ti dico che è vero, insiste mia nonna, allontanati. L'odore è forte, quello non è un uccellino impagliato. Stecchito, inchiodato a un paletto, quello è un uccellino morto.

Ma torniamo all'album di foto su cui è incisa la data 23 settembre 1970. Hotel Lorena, grattacielo Ciabatti.

S'è levato il vento, un vento leggero. Le piante a tratti immobili, a tratti piegate, sembrano tremare.

L'estate evapora, eppure a guardare il cielo chiarissimo pare ancora lì. Forse lo è. Forse davvero in Maremma dura di più, pensa mia madre prima di entrare nel grattacielo. Nove piani, trenta metri di altezza, l'edificio più alto della città. Da oggi lei non è più una ragazza qualunque, attraversa la strada (mancano le foto), da oggi lei è Francesca Ciabatti. Come mancano le foto di altri momenti intimi di quella giornata, l'agitazione a inizio ricevimento, mia madre la racconta ogni volta, l'incidente, lei di colpo capricciosa, non più la donna gentile, ma la sposina isterica.

Ho perso le perline, si agita nell'atrio del Lorena. Forse in chiesa, sedendosi, e ora c'è quel cerchio bianco sul culo, sì sul culo, mamma – rivolta a mia nonna, quasi incolpandola – cosa diranno gli altri, cosa dirà Renzo, impossibile calmarla, non c'è nessun cerchio bianco, Francesca, inutili le rassicurazioni di Stefania, e la preoccupazione di Laura, che succede, zia? Francesca è nel panico, si rifiuta di fare l'ingresso nella sala da pranzo in quelle condizioni, col culo bianco, non entro, io non entro, rimango fuori per sempre, quasi piangendo.

Mia nonna prende in mano la situazione: datemi una stanza.

Camera numero 23: letto matrimoniale, armadio in ferro, pavimento in linoleum. C'è forse qualcosa di più desolante? Mia madre, mia nonna, e zia Stefania indugiano al pensiero di chi sia stato lì prima di loro, camionisti, ferrovieri, prostitute. Nessuna osa dirlo ad alta voce, è l'albergo del Professore, una delle tante proprietà, oltre a palazzi, terreni, questo è il grattacielo Ciabatti. La figlia ha sposato un uomo ricco – si consola mia nonna – un medico, un professionista, che importa che l'albergo del ricevimento sia così squallido? Rinvigorita dall'idea di futuro che aspetta mia madre, nonna tira fuori dalla borsetta ago, filo e perline, tutto previsto.

Il vestito lo ha cucito lei. I ricami zia Idania, sarta di Valentino. Il modello è dell'ultima collezione Valentino – rifatto preciso preciso, persino gli stessi bottoncini – modello definito da "Vogue" l'abito da sposa più raffinato degli ultimi dieci anni.

Svasato sopra il ginocchio. Maniche lunghe, accollato. Fila di bottoncini in madreperla sulla schiena. Ricami di perline trasparenti, bianche sul fondo, quasi invisibili che danno al vestito una lucentezza speciale, come di riflettore perennemente acceso ai piedi della sposa, o decine di lucciole atterrate sullo stesso fiore.

Niente velo né strascico. Francesca ama la semplicità, al contrario del Professore che preferirebbe una moglie con gioielli, vestiti firmati, pellicce (differenza di gusto che non è un problema oggi, lo sarà domani, negli anni a venire, uno dei tanti).

Mia madre si sfila il vestito e rimane in mutande. Non indossa reggiseno, mia nonna vorrebbe protestare, almeno oggi figlia mia, invece si trattiene.

Da quando sta a Orbetello, mia madre è diventata più bella. Ha perso tre chili, i capelli alle spalle, lucenti. La pelle luminosa, e sapete perché? Si allunga sul letto Francesca: va al mare fra un turno e un altro, chilometri e chilometri di spiaggia deserta, e pensa che tanta bellezza è solo per lei, un paradiso privato, fiori alberi e animali... Una volta dalla pineta è spuntato un cerbiatto, non aveva paura, si è avvicinato, vicino tanto così, e lei ferma per non spaventarlo, gli avrebbe potuto dare da mangiare dalle mani, se solo avesse avuto qualcosa... È tutto così poetico, dice mia madre a mia nonna, non credevo che nella vita potesse esistere tanta poesia. E invece esiste, e lei non sa chi ringraziare, dio, Renzo. Sfilandosi le scarpe: sai quando ha fatto il primo bagno? Aprile, inizio aprile. Sale sul letto – l'acqua caldissima! – inizia a saltare. In mutande, salta sul letto facendo cigolare le maglie della rete, poco importa che mia nonna dica di scendere che poi lo rompe e tocca ripagarlo, lei salta. Perché se rompe il letto, non dovrà ripagare proprio niente, quel letto è di suo marito, sì marito, marito, giubila. E tende una mano a Stefania.

Marito, marito, continua a squittire.

Stefania si toglie le scarpe e afferra la mano di Francesca. Ora sono in due. Due ragazze che saltano sul letto. Scendete, insiste mia nonna. Loro saltano, si prendono per mano, e saltano. Cugine, sorelle, bambine. Mio marito, ripete Francesca, mio marito mio marito. E ridono, e saltano, leggere, leggerissime, senza peso.

Dalla finestra si vedono le fronde verdi di un albero. Sul ramo un uccellino, forse un passerotto, o un pettirosso, mia madre non sa riconoscere gli uccelli. Qui è sempre estate, si butta sul letto senza respiro, e io a volte mi chiedo se me la merito, dice, se merito tutta questa meraviglia.

Giuliano Bracci, Mauro Gori, Riccardo Baldinacci, Cleto Biondi, Leandro Piersanti – i fratelli non sono solo quelli di sangue – Vincenzo Lenzi, Sante Puccianti, onorevole Giulio Maceratini* – i fratelli sono soprattutto quelli che ti scegli, con cui condividere ideologia e fede – Benito Bargelli, Giuseppe Padovani. Francesca stringe le mani degli amici del marito. Fratelli. Fratellanza a base morale che si propone come patto tra uomini liberi, in via di perfezionamento delle più elevate condizioni dell'umanità.

Renzo la conduce tra i tavoli, quanto affetto, quanta allegria. Cosa ricorderai Francesca di questo giorno? Le tovaglie bianche, i fiori gialli, il vestito di tua suocera, nero come per un funerale?

Cosa ricorderai con maggiore precisione del tuo matrimonio? La stazione dalle vetrate, perché l'Hotel Lorena è esattamente di fronte alla stazione dei treni. O forse gli amici, i fratelli, che in piedi, occhi lucidi e braccio teso, intonano *Faccetta nera* per il Professore?

Niente di tutto questo (che ti tornerà in mente solo risfogliando l'album: guardate com'era vestita nonna Jole). Tu, Francesca Fabiani, ricorderai la moquette, il colore, rosso, la consistenza. Ricorderai l'istante in cui, togliendoti le scarpe sotto il tavolo, hai poggia-to i piedi sul morbido. E hai sentito sollievo. E lo ricorderai perché tornando all'Hotel Lorena mesi dopo nella sala da pranzo trove-rai linoleum grigio, che fine ha fatto la moquette?

Era una richiesta del Professore, trenta metri quadri di moquette rossa.

---

* Giulio Maceratini (1938), allievo di Julius Evola. Esponente MSI-DN, vicino alle posizio-ni di Pino Rauti. Nel 1991 è uno degli artefici del ritorno di Gianfranco Fini alla guida del partito. Negli anni Settanta dirigente del Centro Nazionale Sportivo Fiamma. Il suo nome figura nell'elenco dei cinquanta estremisti di destra, acquisito dalla magistratura, che il 16 aprile 1968 si imbarcano per la Grecia dei colonnelli. Le finalità di tale viaggio sono anco-ra oggi oggetto di dibattito. A seguito di tale avvenimento, alcuni di loro entrano in gruppi anarchici e maoisti per fungere da infiltrati. Deputato dal 1983 al 1994. Dopo due mandati al Senato, di nuovo deputato dal 2001 al 2006. Nel 1988 entra nel Parlamento Europeo, ade-rendo al gruppo delle Destre Europee. Nella dodicesima e tredicesima legislatura, eletto al Senato e presidente del gruppo parlamentare di Alleanza Nazionale. Ha fatto parte della Direzione nazionale del partito.

10

CARA DOTTORESSA, TU ORA PENSI CHE LA TUA VITA È BELLA E CHE TI SEI SISTEMATA MA TI SBAGLI DOTTORESSA TU NON SAI NIENTE, NON SAI LA VERITÀ IL MALE TI TORNA INDIETRO TROIA...

Lo stesso anno il Professore compra un terreno al Pozzarello, caletta prima di Porto Santo Stefano, lì dove si sono rappacificati loro, mamma e papà, dopo il primo litigio, lì dove hanno fumato e si sono baciati, voglio pensare che non sia un caso (papà ha regalato a mamma la villa sulla spiaggia del loro primo bacio, perché nei racconti quello viene trasformato in primo bacio, tutto viene trasformato, riadattato, manipolato), voglio pensarlo, invece è un caso. E anche l'acquisto del terreno è una rielaborazione successiva. Mio padre non compra nessun terreno, gli viene donato, così risulta dal catasto. Peretti Giuseppe dona a Ciabatti Lorenzo...

Su Peretti Giuseppe non ho trovato nessuna informazione. Non sono riuscita a sapere chi fosse colui che ha regalato a mio padre un terreno sul mare.

Due ettari, dicitura catastale: possibilità di costruire villetta di cinquanta metri quadri.

Quattrocento. Il Professore ne fa costruire una di quattrocento: due piani, salone di ottanta metri quadri con vetrate sul mare. Grande scala che dalla zona giorno porta alla zona notte, non prima di aver attraversato un disimpegno spaziosissimo alla fine del quale inizia il corridoio su cui si aprono le camere da letto. Otto camere, ciascuna con bagno personale. In fondo quella padronale, che col tempo diventerà semplicemente la Stanza del Professore. Una suite: ingresso con armadi, bagno e camera, letto king size dalla base interamente di specchio. Specchio che torna nei cubi di design in salone, sull'intera parete del corridoio, dieci metri, su porte e armadi blu cobalto attraversati da una striscia di specchio. In ogni angolo di casa è possibile vedere la propria immagine riflessa: c'è un punto preciso, all'inizio del corridoio, con le porte delle stanze chiuse, dove l'immagine rimbalza ovunque. Chiunque tu sia, madre, padre, figlia. Soprattutto figlia, bambina che immobile nel crocevia ti rimiri moltiplicata. Tre, cinque, dieci te. Dieci te piccole e leggiadre, dieci te piene di grazia.

Centoventi asciugamani di tre dimensioni differenti, ciascuno con motivo floreale del bagno di destinazione. Undici bagni.
Cinquanta asciugamani di colore rosa per la piscina.
Cento strofinacci per la cucina.
Cento lenzuola.
Duecento federe.
Tutto commissionato a Gori Confezioni di Gori Mauro, amico personale del Professore. Il giorno in cui arriva il camion Gori è festa, cameriere che vanno e vengono, pacchi, nonna che cerca di coordinare, questo sopra, quello sotto, e ancora pacchi, e pacchi, la biancheria negli armadi, gli asciugamani nei bagni, comanda nonna, quelli rosa nel bagnetto della piscina, corregge mamma, del resto la padrona è lei, s'intromette giusto per le apparenze, in realtà è così felice che sua madre possa avere una villa e duecento asciugamani, le pare di averla resa signora, e questo la inorgoglisce. Per pura forma perciò ribadisce gli asciugamani rosa nel bagnetto della piscina, lì dove ci sono l'oblò coi pesci dipinti, e le pareti con le stesse mattonelle della piscina.

È la casa delle meraviglie, la loro. Per esempio la parete del camino: vetro. Da lì si vede il giardino. Ed è come se il fuoco bruciasse nell'erba, l'unica volta che il Professore ha acceso il camino, per bruciare delle carte, fuoco e terra si sono sovrapposti, mentre le lettere annerivano e diventavano cenere.

Quella del Professore è la prima villa con piscina dell'Argentario. Piscina a mosaico, mattonelle di cinque colori: a cominciare dalla parte bassa, celeste chiaro, che si va gradualmente scurendo con la profondità fino al blu scuro della parte alta, sei metri, dove svetta il trampolino. Progetto dello studio Spadolini di Firenze: bordo in travertino, pavimentazione circostante travertino e sassi. Non una piscina qualsiasi, una piscina speciale, che finisce sulle pagine di "AD" (volevano fotografarla con me dentro, mi sono rifiutata, sospiro io ragazzina mostrando la rivista agli amici).

Una piscina con una parte segreta, che quasi nessuno conosce, sulla rivista non c'è, il Professore non la mostra a nessuno. Da fuori sembra una piscina bellissima, solo bellissima, non straordinaria come segretamente è.

Scendendo al livello inferiore del giardino, nascosta dai rampicanti, c'è una porta di ferro chiusa da un lucchetto. Oltre: l'abisso.

Non è forse abisso il fondo del mare? Non è forse abisso il dentro delle cose? Dietro la porta si apre un lungo corridoio a elle con tre oblò che danno direttamente sulla piscina, sott'acqua. Ripostiglio, cantina.

Quello non è un ripostiglio, né una cantina, e tu bambina lo sai.

Quante volte li hai sentiti parlare di bunker?

Quante volte hai colto papà dire: il giorno che arriveranno dobbiamo essere pronti, e mamma chiedere: arriveranno chi? E lui rispondere: loro.

E quante foto verranno scattate, proprio a noi, bambini, quante foto dagli oblò del bunker, quante foto ai figli sott'acqua.

La femmina dai capelli fluttuanti come alghe, le guance gonfie a trattenere il respiro, il costumino a fragole, la femmina, che scende giù, ancora più giù, nell'abisso, fino a un oblò e, reggendosi ai bordi di ferro, avvicina il visetto paffuto, lo avvicina al vetro per controllare cosa si veda al di là. Ecco, decine di volte tu, bambina, sarai fotografata in questo modo, a tentare di vedere cosa c'è dall'altra parte, e continuando a vedere per sempre buio, nient'altro che buio.

Due anni di lavori. Squadra di dodici operai, capocantiere, geometra, ingegnere, architetto. Due anni di lavori e la casa è pronta. Grandi vasi davanti al portico dove vengono piantate dodici bouganville viola a ricoprire l'intera facciata. Un po' di anni ce li mettono, eh, osa replicare Nino a cui è stato affidato l'incarico di occuparsi del giardino, il Professore si rifiuta di prendere un giardiniere, ha già speso un mucchio di quattrini, Nino è più che sufficiente, che ci vuole ad annaffiare due cespugli?

I due cespugli sono due ettari di terreno terrazzato, poiché la villa è costruita sulla pendenza di un'altura. Impossibile per Nino curare l'intero giardino, una parte rimarrà sempre incolta. La parte più bassa: intrico di rovi e sterpaglia.

Due anni di lavori per la casa, la piscina è pronta molto prima, facendo fremere il Professore che no, non riesce ad aspettare. Di nascosto da Francesca ordina di riempirla. Cinque giorni ci vogliono, con lui che passa ogni mattina a controllare il livello dell'acqua. La sera del quinto giorno Renzo porta la moglie con una scusa: voglio farti vedere il panorama di notte. In realtà lei quel mare di notte lo ha già visto, la sera della festa dell'aeronautica, ricordi Renzo? Non era dall'alto, dall'alto è un'altra cosa.

Così Francesca scende le scale del giardino pronta a vedere il mare e, in fondo, le luci di Orbetello. Gli occhi all'orizzonte, non si accorge di quel che c'è in mezzo. Renzo è costretto a fare luce con l'accendino, guarda giù: la piscina piena. Lei si porta una mano al cuore: dio mio, non ci crede, le viene da piangere... ora piange, sta per piangere, perché questo è un sogno realizzato, questo è...

Lui le dice di spogliarsi, lei esita: senza ciambella, senza niente... Lui si toglie pantaloni e camicia, ci sono io, dice. Allora anche lei si spoglia, non ha reggiseno. Figurina lunare che nella notte riluce di bianco. Lui meno, quasi in un cono di oscurità tutta sua.

Scende per primo Renzo, che poi aiuta lei. Le sue mani sui polpacci, sulle cosce, e sulla vita a salire, via via che lei s'immerge, e si lascia andare tra le sue braccia.

Com'è calda, sussurra lei. Com'è calda l'acqua della loro piscina.

Si staccano, lei rimane nella parte bassa, lui si sposta in quella alta. Muove le braccia, sforbicia i piedi. Vieni anche tu, si volta verso di lei, quando ormai è lontano. Lei fa no con la testa. Lui torna indietro, dammi le mani. Insiste: fidati. Lei gli stringe le mani. Vedi che non affoghi? Sorride lui portandola dove non si tocca, lasciati andare. Lei si rilassa, i muscoli si allentano, non può succedere niente. Ora sdraiati, fa lui mettendole una mano sotto la schiena, ti tengo io. Lei allunga le gambe, e chiude gli occhi, che con la mano di lui a sostenerla le pare davvero di saper stare a galla. E respira, e ascolta il silenzio che non le fa paura, il silenzio di casa loro quasi finita. Respira, respira, potrebbe anche addormentarsi. Respira, respira, mentre immagina la casa che si anima di voci, risate di bambini, tuffi, qualcuno che chiama mamma...

Oddio, sobbalza di colpo. Una stretta al polpaccio, un morso, urla, affoga, lui la tira su. Ride. Mi hai fatto prendere un colpo, dice lei seria. Poteva essere un pesce, poteva essere tutto. Invece era solo la mano di lui, la mano sinistra, mentre la destra rimaneva a sorreggerla. Portami al bordo, ordina lei. Uh, come la fai tragica, protesta lui.

Una volta fuori, i capelli bagnati sulle spalle, lei neanche si gira. Vaffanculo, dice solo sparendo nell'oscurità.

Due anni di lavori e la casa è pronta, esattamente per la nascita dei figli. Nel frattempo Francesca rimane incinta. La sua pancia è enorme, lei ancora magrolina. Qualcuno sospetta che dentro siano in due. Macché due, borbotta il Professore, è uno, molto grande, ma uno, si sente dai calci, vaticina sicuro.

Francesca Ciabatti partorisce due gemelli. Un maschio e una femmina. Il maschio è vivace, dorme poco, piange spesso, la femmina tranquilla. Eterozigoti, non si somigliano affatto. Il maschio ha i tratti dei Ciabatti, la stessa bocca, la stessa espressione (guarda, mamma, sembra zio Renzo in miniatura! Esulta Laura), la femmina no. La femmina non somiglia a nessuno. E dorme, dorme sempre. Tanto che Marcella si avvicina per assicurarsi che respiri, e quando non sente niente, dio mio, questa non respira, batte le mani. Allora la bambina si sveglia di colpo, è viva, ringraziando il cielo è viva.

Lasciala in pace, protesta Francesca. Ma è una protesta flebile, la sua. Sa che deve essere grata alla mamma, la mamma corsa da Roma ad aiutarla – il tempo dello svezzamento, ha garantito, non voglio fare la suocera rompiscatole – la mamma che le permette di continuare a lavorare. Dopo anni di studio, specializzazione, praticantato, no, lei non può lasciare. La mamma che dà il biberon ai gemelli, e li culla, e li addormenta – tre mesi massimo, assicura, non è lei il tipo che arriva e si piazza comoda... Mese dopo mese, anno dopo anno, ripete che se ne andrà, sta per andarsene.

Marcella Pileri rimarrà per sempre, facendo sentire, e molto, la sua presenza, a cominciare dalle pretese: stanza separata dal resto della casa, mansarda più bagno personale, più armadio con chiave. Chiave che porta al collo. Custodito là dentro il suo segreto. Nessuno lo deve scoprire, si ripromette lei, ignara che tra qualche anno – quando sempre più spesso dimenticherà di chiudere l'armadio – una figura bambina sgattaiolerà su per la scala, s'introdurrà nella sua stanza, piccola ombra che frugando nell'armadio trova il segreto, e si fissa che lo vuole, lei vuole la testolina, è la sua nuova bambola, cosa ci fanno loro, lei invece se ne prenderà cura, sarà la mamma, la nonna, la sorella di quella meravigliosa testa, papà ti prego, cercherà sostegno la piccola, diglielo anche tu, digli di lasciarmela.

Lasciategliela, ordinerà Lorenzo Ciabatti.

Per adesso però i bambini sono piccoli, neonati, nemmeno gattonano. Dormono nella stessa stanza, si fanno compagnia. Si ammalano, rigurgitano, piangono. E Marcella da sola non ce la fa. Francesca non si arrende: non lascia l'ospedale. Da qui la decisione di chiamare un altro aiuto, una tata fissa, tutto perché lei vuole lavorare.

Dovesse stancarsi troppo, dicono in paese, ha fatto presto ad abituarsi agli agi, la signora...

Anche Renzo protesta: hanno la minima idea di quanti quattrini si spendono? Lui lavora dalla mattina alla sera, pure la domenica, rinfaccia, e per cosa? Per pagare stipendi e sfamare bocche, contiamoci, quante bocche sono?

Francesca resiste, al lavoro non rinuncia. Resiste anche quando il maschio prende la broncopolmonite che lei s'incaponisce a curare a casa senza bisogno di ricovero in ospedale – che sarebbe a Roma, il Bambin Gesù. Lei, con l'aiuto di Pappalettere, il pediatra di Orbetello, il bimbo se lo cura da sola, rivendica eroica stringendo tra le braccia il fagottino che è suo figlio, come se qualcuno glielo volesse portar via, e lei non lo permetterà, mai e poi mai, reclama stringendo il figlio a sé ancora più forte, quando nessuno glielo vuole sottrarre, e la sua foga è eccessiva, tanto che qualcuno dice calmati Francesca, e anche: non c'è bisogno...

Lei allenta la presa, tiene il bambino ancora un po' tra le braccia, poi lo deposita nel lettino.

Ce la farà, si ripete. Senza contare che non ci sono solo gli imprevisti ma anche i nemici. Un mondo fuori che ostacola, a volte trama. In ospedale Fausto Sabatini rifiuta spostamenti di orari e sostituzioni. A un certo punto entra in malattia. Francesca rimane sola. Resiste. S'incaponisce, turni di notte, non dorme. Sette caffè al giorno, trenta sigarette. A volte la prende un tremore alle mani, una cosa impercettibile, se non fosse che qualcuno in sala operatoria lo nota: la dottoressa non sta bene, la dottoressa beve.

Fausto Sabatini rientra dalla malattia, dopo poche settimane però decide di prendersi le ferie arretrate, venti giorni, lui è uno stacanovista, mai mancato un giorno dal lavoro. Perché proprio adesso? Si lamenta Francesca col marito. Renzo allarga le braccia, non sa che dire.

Sabatini è l'unico che abbia il coraggio di opporsi alla moglie del Professore, ovvero al Professore. L'unico nella storia dell'ospedale di Orbetello, nei vent'anni di regno del Professor Ciabatti, a lanciare l'affronto diretto. Pronto a pagarne le conseguenze, a essere cacciato, punito, che coraggio, penso io negli anni a venire. Quale coraggio a sfidare mio padre, nessuno prima di allora ha mai osato. Siamo nel 1972. Un anno dopo il Professor Lorenzo Ciabatti nomina il dottor Fausto Sabatini primario di anestesia. Lo nomina poco dopo che mia madre lascia il lavoro, a seguito di un episodio grave, qualcosa che avviene in sala operatoria, qualcosa che porta Francesca Fabiani ad abbandonare tutto, finanche a togliersi dall'ordine dei medici. Ebbene, poco dopo Sabatini viene promosso. Premio, riconoscimento, scambio...

Cosa è successo di preciso il 22 marzo nella sala operatoria del San Giovanni di Dio?

La versione ufficiale è che per una donna sia impossibile conciliare lavoro e famiglia, deve compiere una scelta, specie se ha più di un figlio, anche se è ricca ed è la moglie del Professore.

Francesca Fabiani, dunque, sceglie i bambini così piccoli e buffi. I bambini che iniziano a gattonare nel grande salone con vetrate sul mare. E gli infermieri dell'ospedale che, su ordine del Professore, montano una cancellata intorno alla piscina per evitare che i piccoli cadano dentro.

Eppure la bambina cade, anni dopo, spinta da un'altra bambina, Veronica Fanfani (nonno paterno Amintore Fanfani, nonno materno Ettore Bernabei), e prontamente è recuperata dal Professore. Giacca e cravatta, appena tornato dall'ospedale dove ha operato l'intera giornata – ulcera, calcoli, peritonite – completamente vestito, lui si tuffa a salvare la bambina – sapete quanto impiega un bambino ad affogare? – si tuffa senza neanche togliere le scarpe, mocassini neri che alla fine galleggiano sulla superficie dell'acqua, lui si butta ad afferrare la piccola inconsapevole, stordita, innocente creatura che è sua figlia, e io mi aggrappo a lui con tutta la forza, l'amore, e la fiducia, papà. Il mio papà.

Mi chiamo Teresa Ciabatti, ho quattro anni, e sono la figlia del Professore. La gioia, l'orgoglio, l'amore del Professor Lorenzo Ciabatti. Che lo sappiate tutti – paesani, poveri, invidiosi – guardateci passeggiare nel corso, io e lui vicini vicini, oh, papi, e voi che vi fermate a salutarlo, e lui che vi risponde con un semplice cenno del capo, come il papa, come dio, lui che risponde alle vostre celebrazioni, tenendo per mano la sua bambina. Solo lei. Solo me. La più amata.

Parte seconda

LA PIÙ AMATA

Teresa Ciabatti

1

Voi non capite! Urlo stringendo al petto la testolina.

Scendo le scale, mi fermo al quarto gradino, e salto. Nonna dietro: ridammela! Ma io non mollo, finché non sopraggiunge mamma: dove l'ho trovata, devo restituirla immediatamente!

Allora fiera coraggiosa impettita, mi avvicino alla finestra: che ci fate voi con lei? Combattiva, caparbia: perché siete così insensibili? Disperata: senza di lei la mia vita non ha senso.

Questa sono io, in piedi sul davanzale del grande finestrone – facendo intendere che sì, potrei anche buttarmi – la pelle bianchissima, fantasma, i denti dritti, una delle poche a non dover portare l'apparecchio. Costume rosa a fragole rosse. Gambe nude, scalza. Che ci fate voi con lei, ripeto accorata.

Forse non mi bastano i giocattoli che ho? Protesta mamma. Nessun'altra bambina ha quello che ho io... non è una bambola quella, non è un giocattolo, non lo vedo che non è niente?

Abbracciando forte il niente, ancora più forte, mormoro: me ne prenderò cura.

Urla che si accavallano: il problema è che sei troppo viziata.

Voi non avete cuore.

Viziata egoista.

Mi odiate.

Guarda come ti arriva un ceffone.

C'è tanta violenza in questa casa.

Ridai subito la testa a nonna.

Perché mi avete messa al mondo se non mi amate?

Molla quella cosa o vai in collegio.

E allora io lisergica, sempre in piedi sul davanzale, alle mie spalle il mare, io, lassù come una Madonnina, accuso: a voi interessano solo soldi e gioielli, l'amore non conta.

Cretina, si sovrappongono le voci, scendi subito, ora le prendi.

Soldi e gioielli, ripeto calma, ormai Madonna, la mia è un'ascesa, mi sto staccando da voi, miseri umani, soldi gioielli pellicce, farnetico un attimo prima che tuoni la voce.

Che succede?

Una voce che sembra arrivare dall'alto, e invece arriva da qui, da terra, per la precisione dal portico.

Salto dal davanzale, corro da lui, e gliela mostro, gli mostro la testolina di polistirolo con parrucca marrone. Lo prego, lo imploro di dirglielo anche lui, di dire alle due donne, a questi due esseri inferiori, di lasciarmela: le farò da mamma, nonna e sorella, prometto. Sarà il mio amore, il mio unico amore.

Lasciategliela, ordina papà.

Mi chiamo Teresa Ciabatti, ho sette anni, e ho appena scoperto che mia nonna porta la parrucca. Causa alopecia, è completamente calva. Nell'armadio tiene la testolina di polistirolo con la parrucca di ricambio, uguale identica a quella che ha in testa: castana scura, acconciata in uno chignon.

Calvi lo sono tutti i Pileri, mi rivela mamma in un momento di confidenza, io e lei nel lettone, le gambe intrecciate. E così anche nonna Teresa... Fatti gli affari tuoi, mi zittisce lei. Calva era la mia bisnonna, calve erano le sorelle, calve erano le figlie. Tutti calvi fino a mamma. Con lei la malattia si ferma. Mamma ha capelli folti, glieli carezzo, dovrebbe farseli crescere, perché li tiene così corti, oh, sospira lei, sono vecchia per averli lunghi. I tuoi capelli bellissimi, glieli pettino l'anno in cui dorme. Mamma ha capelli spessi e lucenti. E anch'io.

Io che in piedi sul trampolino mi sciolgo i miei castano biondo, leggermente mossi, luminosi, questi capelli sani, immaginando che dalla spiaggia, alzando lo sguardo, qualcuno possa vedermi: chi sarà mai quella creatura meravigliosa?

Sono io, vorrei gridare, solo io, alzo le braccia al cielo, Teresa Ciabatti, prendo lo slancio e mi tuffo.

I capelli fluttuano sott'acqua.

Ho un'infanzia felice. Barbie, pupazzi, bambole. Vestiti, scarpe, gioielli. E una testolina di polistirolo con capelli da pettinare a mio piacimento.

Vivo in case grandi, d'estate in questa con la piscina, la mia piscina. Viaggio. Sono stata a Londra, New York, Parigi, Vienna, Grecia, Turchia, Disneyland. D'inverno mamma e papà ci portano a sciare: Cortina, Madonna di Campiglio, Svizzera. Ho visto il mare e la neve, le piramidi e il deserto, ho visto la stele di Rosetta e Topolino in carne e ossa. Ho visto ogni cosa, bambini che venite a scuola con me: sono diversa, inutile negarlo, io sono la figlia del Professore.

Mio padre è l'uomo più importante della Maremma. Lui i poveri li cura gratis, il Professore ama i poveri.

Spesso il pomeriggio, accompagnata dalla tata o da nonna, piombo in ospedale per salutarlo.

Se opera, lo aspetto nella stanza riservata al personale dove passano i medici a rendermi omaggio. Belli e giovani. Tra le braccia di uno o dell'altro, io chiudo gli occhi: non fatemi vedere, ansimo sui loro petti muscolosi, ho così paura, quando si aprono le porte ed esce la barella, sopra il paziente addormentato, tumore. Dietro medici, infermieri, e per ultimo lui. I discepoli si spostano per lasciargli il passo, e io lo vedo circondato dalla luce azzurrina, una luce come quella purissima di una stella, la luce che benedice solo il Professore, mio padre. Gli corro incontro e gli salto addosso – ehi, piano! – con le gambe allacciate alla vita, e le braccia al collo, strette strette – così mi soffochi – e prego, imploro a voce alta ché tutti possano sentire: oh, papi, andiamo a comprare il tutù.

Diventerò ballerina professionista, ne sono certa per vari motivi, tra cui l'influenza di mio padre sul mondo. Lui può tutto: far assumere il figlio di un contadino alla Municipale di Orbetello, intercedere col presidente della Regione per il primariato a Massa Marittima. Persino sistemare la figlia scapestrata dell'amico questore. Passato di eroina, decine di uomini, la poveretta si ritrova senza niente in mano, nemmeno un diploma, bella ragazza, per carità, le piacerebbe entrare in televisione, spiega il padre preoccupato, ma son sogni, Renzo, semplici sogni di una ragazza ingenua...

Sogni che Renzo realizza.

E dunque: con tutto quello che fa per gli altri, cosa mai farà per me?

Ballerina, attrice, conduttrice tv. Intanto mi esercito a casa, dove ho preteso una sala prove dotata di specchio e sbarra. Tutù rosa e scarpette da punta, mi blocco di fronte alla mia immagine riflessa: la sensazione di un futuro grandioso davanti. Ballerina, presidente della Repubblica, il primo presidente donna, santa. Santa Teresa da Orbetello: eccomi, eterea evanescente, incedere sulla spiaggia fino al mare, e non fermarmi, proseguire sull'acqua, camminare sulle acque, con tutti a fare oh, a mormorare: lo sapevo che era speciale. Sono speciale, sì. Me lo ripeto anch'io, vorrei dirlo a mamma, condividere con lei la mia condizione di privilegio.

Dov'è mamma?

Dorme. E allora me lo dico tra me e me – sei speciale, Teresa – anche dietro le quinte, prima di entrare in scena.

Supercinema di Orbetello. Noi bambine aspettiamo la nota musicale su cui fare il nostro ingresso. La mia è diversa, io ho una nota tutta mia. Prima entrano le altre, in gruppo. Poi io, sola. Non sono la più brava, né la più aggraziata. Le piccole colleghe protestano: perché sempre lei? Chiacchierano alle spalle.

Sai le volte che nello spogliatoio sorrido ai loro sguardi di odio? Anno dopo anno – bambina, ragazzina, adolescente – svetto sul palco in prima fila. Gli applausi sono per me, tutti per me, non per voi.

Non nel 1979, l'anno di *Inverno*, coreografia ambientata sulla neve con una prima ballerina, spiega la maestra, che viene sollevata dal ballerino, quest'anno avremo un ballerino – un maschio un maschio, gridolini in sala – un professionista di Grosseto. E noi, sedute per terra a gambe incrociate, palpitiamo, palpitano i nostri cuoricini. Il cuoricino di tutte tranne il mio, io già so, ragazze, cerchiamo di non essere ipocrite. Chiudete gli occhi e guardatemi volteggiare sopra la testa del ballerino, rimiratemi, splendida e leggiadra, a scrutare il mondo dall'alto. Oh, come vorrei che quest'anno ci fossero medici e infermieri, ragazzoni prestanti che mi adorano, li vorrei tutti qui ad applaudirmi. L'ebrezza di avere qualcuno a mia completa disposizione, il plotone in camice bianco che segue papà, quel plotone che ho sempre sentito anche mio: Vincenzo, dammi uno strappo alle giostre, all'infermiere biondo. Paolo, voglio una tigre di peluche, al cardiologo. Emilio, vammi a comprare un paio di scarpe rosse numero trentuno, al ginecologo.

Loro eseguono. Eseguono per compiacere il Professore, qualcuno dice. Eppure: sicuri che tra loro non ci sia un individuo innamorato di questa splendida bambina speciale?

Sedute per terra, in attesa che la maestra assegni i ruoli, io penso alla folla medica che mi ama, e che applaude il mio volo tra le braccia del ballerino, la maestra sta per dirlo, è sul punto di pronunciare il mio nome: Teresa Ciabatti, sei tu.

Invece dice Simona. La prima ballerina quest'anno sarà Simona.

Il respiro si ferma, il cuoricino sobbalza, non è possibile, balbetto, non è possibile, in sala e nello spogliatoio, strappandomi con foga il tutù. Lancio le scarpette sul pavimento, no, non lo accetto, no e poi no, lo dico a papà, minaccio in mutande e canottiera, tuono piccola.

Lo dico a papà e ai suoi sottoposti che fanno quello che dice lui: chi si precipita a ripararci il lavandino, chi a tinteggiare il cancello, chi a rimbiancarci le pareti di casa. Noi non abbiamo idraulici, elettricisti, imbianchini, noi abbiamo dottori e infermieri, uno stuolo di medici e paramedici a nostra completa disposizione che ha imparato persino il funzionamento della piscina in caso di rottura. Puoi uscire un secondo dall'acqua. Mi chiede Amedeo, anestesista, giusto il tempo di riparare lo skimmer. No, rispondo io distesa sul coccodrillo. Nemmeno mi giro, gli occhi chiusi, dietro gli occhiali neri che mi proteggono dal sole.

Lo dico a papà, ripeto nello spogliatoio di danza, m'infilo il montgomery direttamente sul body, e fuggo. Metà ballerina, metà bambina qualunque, raggiungo la macchina di mamma.

Che succede? Chiede lei.

Non è giusto, protesto sbattendo lo sportello.

Si può sapere che succede.

Mi fa tutto schifo, urlo, le persone, questo paese.

Francesca Fabiani mi guarda smarrita: che ti hanno fatto?

Tiro su col naso.

Lei non chiede altro. Non indaga, non insiste. Nella scuola di danza può essere successa una tragedia, una violenza, oppure niente. Non importa.

Adesso lei mi abbraccia – nonostante io cerchi di divincolarmi, odio il contatto fisico – e mi tiene stretta. Che sia in realtà lei ad aggrapparsi a me? Che sia lei a chiedermi aiuto? Sussurrandomi che tutto si sistema, ogni cosa si sistema, piccola mia.

2

Non è vero: niente si sistema. In questo paese la gente m'invidia. Vorrei evadere, ma non posso, ho solo undici anni. Una bambina imprigionata, penso chiusa in cameretta. Undici anni all'anagrafe, ma di intelligenza quindici, sedici. Sono diversa, io, sono speciale, rivendico giorno dopo giorno al cospetto dei miei genitori. Loro tacciono. Credo di essere un genio, bisbiglio intimorita io stessa dalla parola. Io sono un genio, dico più forte, sono un genio, affermo con sicurezza scandendo bene la parola, ge-ni-o.

I miei non replicano, tranne poi sentirli borbottare appena esco: forse sta male, mancanza di ferro, non vedi com'è pallida?

Nessuna mancanza di ferro, io sto benissimo. Benissimo, mondo! Non capisco la preoccupazione di mamma e papà. Perché non mi guardano, basterebbe guardarmi: non posso dire di essere nell'età dello sviluppo – sono a un passo – ma non vedete che donna magnifica rischio di diventare? Altri genitori sarebbero orgogliosi, invece di confabulare in cucina su malattie e scompensi, altri genitori mi abbraccerebbero e mi riempirebbero di baci.

Invece io giaccio qui sottovalutata. Cresco in questa casa, in questo paese dove nessuno si accorge di quanto sia eccezionale. Accoccolata sulle tue gambe, papà, ti chiedo: ma secondo te, somiglio a Marilyn Monroe?

Mamma mi porta da Pappalettere. Togliti le scarpe, dice il dottore, sali sulla bilancia. Peso nella norma. Mi mette al muro, altezza. L'ultima volta che mi ha misurato ero altezza papera. Oggi sono sopra giraffa, là dove finiscono i centimetri, e non ci sono più animali. Ora siediti sul lettino, dice Pappalettere. Orecchie bene. Gola, mi ritraggo, Pappalettere, lo sai che il bastoncino mi fa venire il vomito, ho paura, tranquilla, rassicura lui, apri bene... bravissima...

Con i piedi a penzoloni nel vuoto, so che adesso devo sollevarmi la maglietta. Tre mesi fa ho chiesto a mamma un reggiseno, il primo reggiseno, e lei mi ha detto: a che ti serve. Io sono arrossita e non l'ho chiesto di nuovo. Cammino con le spalle curve, sono ancora piccola, io, piccola come vogliono mamma e papà. Così adesso, seduta sul lettino, fissando gli animali disegnati sulla parete a segnare ogni dieci centimetri – pulcino, gatto, papera, cane, giraffa – aspetto che il pediatra dica di tirarmi su la maglietta. Aspetto mentre incurvo la schiena, pregando che il momento non arrivi subito, ancora un po', qualche minuto, prima che voi vi accorgiate che sono grande.

Pappalettere mi poggia lo stetoscopio sulla maglietta – posso tenerla, non devo spogliarmi! – forse è anche lui imbarazzato, sono pur sempre la figlia del Professore. Ecco che il pediatra posiziona lo stetoscopio sul mio petto, altezza cuore. Batte.

Mi chiamo Teresa Ciabatti, ho undici anni e oggi è il mio primo giorno di scuola media. La scelta dei miei genitori è stata quella di iscrivermi non a Orbetello, dove per tutti sono la figlia del Professore, bensì a Port'Ercole, dove nessuno sa chi sono, e vedrai come abbassa le penne, sostiene papà mettendo una mano sulla spalla di mamma. Dopo analisi e visite – tutto nella norma, la ragazzina è in piena salute – i miei hanno concluso che il problema è l'ambiente: in questo paese io approfitto della posizione di mio padre, mi faccio scudo del suo potere. Mandiamola lontano dove nessuno la conosce, ha deciso papà. Mandiamola sola. Perché Gianni, invece, il bravo Gianni, l'umile Gianni, viene lasciato a Orbetello. Lui qui ha gli amici e il tennis... spiega mamma.

Senza perdere tempo a riflettere sull'ingiustizia – sono una ragazza coraggiosa, cosa credono loro – io vado incontro alla mia nuova vita.

Addio Orbetello, addio piccole menti pettegole, addio. No, non sono spaventata, anzi. A Port'Ercole mi aspettano beach volley, gite in motoscafo, premi, immagino coppe e medaglie. E applausi, tantissimi applausi, brava Teresa! Al di là della laguna, a otto chilometri di distanza, c'è un altro mondo per me. Un mondo di persone sensibili, mi dico in questo primo giorno di scuola tanto atteso, eccomi ragazzi!

Arrivo in paese di prima mattina: pescatori che rientrano dalla pesca, calma, silenzio, odore di mare, altro che laguna! Qui è tutto così pittoresco. Qui la vita è un'altra cosa, la vita e l'amore. Perché in questo paese marginale, io troverò l'amore, penso in macchina – nel Fiorino di mamma – in questo luogo dimenticato da dio, io sarò amata. Mi volto a guardare indietro, solo un istante: la cittadina che prima era avvolta nella foschia dell'alba s'illumina di un pallido chiarore, luci di lampioni e case, una striscia di terra in lontananza. Nient'altro. Orbetello.

Allora mi coglie una sensazione struggente, di malinconia, o forse speranza.

È un giorno grigio di settembre, il sole esce a tratti, in alto il cielo d'un vivido azzurro costellato di nubi enormi, simili a macerie. È un giorno ventilato che scuote alberi e trascina rami sulla strada. Un giorno anomalo per la stagione. Io m'incammino su per gli scalini. Mamma mi ha lasciato a via Caravaggio, perché la scuola al momento, solo al momento – assicurano docenti, preside, e sindaco – è irraggiungibile in macchina, bisogna pazientare, pochi mesi, garantiscono, già sono iniziati i lavori (lavori che dureranno sei anni, il tempo di finire le medie per me e per la generazione successiva).

Gli scalini che s'inerpicano su per la collina sono l'inizio dell'età adulta. La prima strada senza mamma e papà, m'inoltro fra conifere e sassi. Qui mi capiterà di vedere uno scoiattolo per la prima volta nella vita, sulla strada della mia adolescenza, vedrò uno scoiattolo vero! Rapido si arrampica sugli alberi, talmente veloce che ne intercetto solo la coda: un attimo, e tra le fronde sparisce, quasi illusione, se non fosse per il fruscire di foglie, e ops, la ghianda che cade.

Topi del cazzo. Una voce.

Sotto l'albero un ragazzo. Un ragazzino che fuma.

Nell'andirivieni dei tre anni di scuola media, insieme agli scoiattoli nel boschetto vedrò minorenni che si drogano, minorenni che fanno sesso orale, minorenni che scopano. Minorenni, solo minorenni. Tutto nel sentiero di scuola. Benvenuti alla scuola media Michelangelo Buonarroti, Port'Ercole, Grosseto.

3

Qualcuno venga a dirmi perché in questa scuola irraggiungibile dal mondo civilizzato, in questo paesino insignificante, perché proprio qui c'è un affollamento di esemplari adolescenti meravigliosi, chi sono queste creature altissime, questi esseri dalle gambe lunghe e le chiome fluenti.

Fedora, Iside, Dolores. In seconda esiste pure una Maria Teresa. Una quasi Teresa, che non sono io.

Che qualcuno mi dica perché codeste creature sono qui, nel 1983.

Non possono essere il frutto dell'innesto del ceppo spagnolo che è arrivato anche a Orbetello, e guarda i risultati su noi orbetellane: coscione, culi bassi. Ora voi mi spiegate da dove escono loro?

A casa, nel corridoio di specchio vedo una testa mozzata che avanza. Non più la ragazzina bellissima. Chiudo gli occhi e corro via.

Perché mi avete mandato qui, mamma e papà? Non sopravvivo. In un'oasi di valchirie, io sparisco. Gente che quando gioca a pallavolo – pantaloncini corti e magliettina trasparente – attira tutta l'attenzione, non c'è spazio per me. A ogni salto ballonzolano tette. A ogni battuta i maschi trepidano sperando che reggiseni si slaccino, che pantaloncini salgano per incastrarsi nella fessura dei culi perfetti. Chi sono io in mezzo a loro? Chi sono io a metà del quadro svedese che mormoro non ce la faccio, non ce la faccio, guardando sotto come a un precipizio, mentre loro mi superano con gli arti lunghissimi? Chi sono io che, su ordine della professoressa di educazione fisica, vengo salvata da due di loro, ballerine, pantere, che agili mi raggiungono, e mentre una mi stacca la mano e me la sistema sul piolo vicino, brava così, l'altra mi fa poggiare il piede sotto, piano, mi rassicurano, non cadi, e mi guidano giù.

Solo a terra mi accorgo che una è Maria Teresa.

Un metro e settanta, capelli neri, occhi chiarissimi, verdi. Carnagione olivastra. Nei momenti di riflessione, si mette una mano a ventaglio sul lato del naso, a coprire metà faccia. Di profilo sono più bella, spiega.

Maglietta bianca per mostrare il reggiseno. Le tette più grandi della scuola. Molti sostengono di averle viste. A dodici anni Maria Teresa ha già scopato. Non ha un fidanzato fisso.

Ora sta con uno, ora con un altro. Rischia di essere bocciata, ma non le importa.

Padre pescatore, Maria Teresa è l'unica femmina di quattro figli. Non vuole finire come la madre, poveretta, sformata dalle gravidanze, pensare che da giovane era bella, avessi visto che gambe, invece ora... Fatica a fare i mestieri, sempre a chiedere ai figli: Athos qui, Roberto lì, Gianfranco costì, e Teresa, cerca la spazzola sotto il letto. No, lei non vuole deformarsi come la madre, anche se alla fine succede per forza, a trent'anni gli uomini non ti vogliono più. Fai figli, stiri. Per fortuna che i trent'anni sono lontani, c'è ancora tempo per vivere al massimo ogni istante. È tutto presente, mi dice mentre si trucca allo specchio del bagno della palestra. Posso truccarmi anche senza specchio, aggiunge, pure cieca. Lei tiene all'immagine, l'immagine è tutto: profumi, scarpe, vestiti, mica si veste al mercato come tanta gente di scuola, no, lei solo in boutique (molto più avanti scoprirò che, per procurarsi i soldi, Maria Teresa ruba nei negozi, soprattutto alla Coop, dio quanto le piace la Coop, per poi rivendere la merce a metà prezzo).

Nello spogliatoio della palestra mi scruta dall'alto in basso: per esempio, io non è che mi vesto male, osserva, si vede che è roba firmata, ma da bambina, quando invece di fisico ho dei numeri, le tette, le sembra, non vorrebbe sbagliare, fammele vedere.

Mi ritraggo.

Con quell'affare non si capisce niente, prima seconda terza, togli la felpa.

Quanto mi sento inadeguata di fronte a te, Maria Teresa. Come vorrei diventare tua amica! Camminare al tuo fianco, con i maschi che si girano a commentare: belle ragazze. Perché la bellezza s'irradia. Anche l'essere grandi. Con te vicino io finirei di essere piccola.

Alzati la maglietta, insiste.

Allora io, fissando il pavimento, mi tiro su felpa e maglietta.

Lo dicevo che c'erano, esulta.

Sai che mi chiamo anch'io Teresa? Azzardo.

Lei sorride: io mi faccio chiamare Maria, Teresa fa schifo.

Dopo l'avvicinamento in palestra, la discussione (Maria, non ti sei resa conto dell'intesa tra noi?), le tette (mi sono spogliata per te!), dopo tanta complicità, il nulla. Come se non ci fossimo mai conosciute. Al mio saluto a volte lei risponde, a volte no. In nessun modo riuscirò a conquistarla, lei si vergogna di farsi vedere con me, sembro uscita dall'asilo.

A casa strepito: voglio una minigonna! E mio padre: scordatela. E mia madre: al ginocchio. E io: ho detto minigonna!

Così, un giorno di maggio salgo le scale nel bosco con la gonna e le scarpe di tela con la zeppa, pochi centimetri, quanto basta a farmi sentire adulta, e a spingermi da te, Maria, roteare su me stessa e dire: l'ho comprata in boutique.

Tu mi guardi, mi scruti, per poi sentenziare davanti alle altre ragazze: sotto il ginocchio, sembri mia nonna.

E io, occhi a terra, mi sento ridicola, inutile, piccola creatura maltrattata, e anche sciocca, Maria, in questo preciso istante una voce interiore mi dice sei davvero sciocca Teresa Ciabatti. Sai perché? Perché non puoi farti umiliare da una poveraccia, dài. Ora va detto: mai mi era capitato di vedere tanti poveri tutti insieme. Questa è una scuola di poveri. Bellissimi, ma poveri. E forse è arrivato il momento di ribaltare i piani, di non sottostare ai loro parametri di classificazione, perché la vita è un'altra cosa, la vita fuori da qui è molto diversa, voi non lo sapete, io sì, e adesso ve lo dico io cos'è la vita, stronzi, ve lo dice Teresa Ciabatti, alzo lo sguardo fiera, ve la do io una lezione anticipata del vostro destino fuori da qui.

Un giorno, devi venire a fare un tuffo da me, butto là quella stessa mattina in bagno.

Maria si sta mettendo il rossetto allo specchio.

Ritento: devi venire in piscina da me.

In che senso? Dà un cenno di reazione lei.

Prendo quota: d'estate vivo nella mia villa a due piani, una delle poche case con piscina dell'Argentario, siamo io e Susanna Agnelli, un uomo, dice papà, la Susanna Agnelli è un uomo... e però siamo solo io e lei con la piscina – proseguo sempre più sicura – no no, non dico bugie, Maria – rido – pura verità... mio dio, no che mio padre non è il guardiano della villa, la casa è mia, proprietà mia personale, valore inestimabile, e questo perché mio padre è il Professore, svelato il mistero, cara Maria – annuncio, come a togliermi gli abiti borghesi – io sono la figlia del Professore! – e rimanere in tuta da supereroe. Sai chi è il Professore, vero? Certo che ha operato qualcuno della tua famiglia, lui è molto generoso coi poveri. Poi sì, ha questa fama di essere severo, la gente ha paura di lui, e insomma, non dico che non lo sia, cattivo è cattivo... tranne che con me, a me mi adora, sospiro esausta, quanta fatica risalire dal fondo del pozzo alle stelle. Da quassù tutto è magnifico.

Sono di nuovo in alto, di nuovo nella tutina luccicante con i miei superpoteri. Eccomi conquistare il mio posto in questa scuola. Voi non sapete la comodità – intrattengo le folle, ricreazione dopo ricreazione –, la mattina ti svegli e, prima ancora di lavarti i denti, dici: sai che c'è, faccio un tuffo.

Ha inizio così l'amicizia tra me e Maria. Lei mi educa all'età adulta: via camicette a fiorellini, montgomery, scarpe col cinturino. Davvero non ho jeans? Inorridisce: a undici anni non ho un paio di jeans?

Per non parlare del trucco, perché non mi trucco? E gli orecchini? Non ho neanche il buco... Una bambina, sembro una bambina, se non fosse per le tette, forza, mettiamole in mostra, fai vedere la mercanzia! Ora ci pensa lei, mi trasforma, è bravissima a trasformare, da grande vorrebbe fare l'estetista o la truccatrice, la parrucchiera no, a essere parrucchiera ti rovini le mani.

Maria si fa accompagnare in macchina dal fratello a casa mia. Non è estate e noi siamo a Orbetello. Un palazzetto del Quattrocento, ex fortino spagnolo, centro storico. Tre piani, parquet, libri, moltissimi libri, quadri d'autore. Vieni su, prendo per mano l'amica povera che si lascia guidare docile, mai vista tanta ricchezza, e questo è niente, amica cara, aspetta l'estate, aspetta di venire al Pozzarello, la mia villa con piscina. Forse per la prima volta in vita sua Maria Teresa Costagliola desidera non essere lei, ah, se fossi nata un'altra, deve pensare, se fossi nata Teresa Ciabatti...

Invece non sei me, amatissima amica. Tu sei tu, e io sono io. Ma davvero questa camera è tutta tua? Straluna gli occhioni lei. Cioè, ci dormi da sola? E con chi dovrei dormirci, scusa? Rispondo io padrona di un mondo dove si dorme soli, dove si hanno bagni personali e vasche idromassaggio (o forse sbaglio, la moda delle vasche idromassaggio arriverà anni dopo).

Passiamo interi pomeriggi nella mia camera, io e Maria, un microcosmo in cui non serve altro. Devo liberarmi dei giocattoli, sostiene lei, ma poi si avvicina a toccarli – mamma mamma, parla la bambola –, e lei sobbalza, che colpo! Me l'ha portata papà dall'America, dico io, in Italia non esiste. E poi ci buttiamo sul letto, e io chiedo: a chi possiamo telefonare? Perché in camera mia ho il telefono. Un telefono a forma di Garfield (può essere che sbagli anche qui, che il telefono Garfield arrivi negli anni Novanta). E poi si stufa, Maria, guarda nel mio armadio, protesta che non ho niente da femmina. Allora io mi alzo dal letto e la prendo per mano, vieni con me. Corridoio, prima porta, seconda, terza, ultima porta, entra pure, e trattieni il respiro.

La stanza guardaroba di mamma: giacche, cappotti, gonne. Scarpe, borse. Oddio, mormora Maria, guarda questa di coccodrillo! Hanno ucciso un coccodrillo apposta! E poi lassù, appesi nel cellophane, i vestiti da sera. Gli occhi rivolti in alto, quasi contemplassimo un'apparizione.

Posso vederli da vicino? Chiede Maria sottovoce.

Certo che puoi. Mi indica un vestito, glielo tiro giù con l'asta. Non è che posso provarlo? Sussurra. Tu puoi fare ciò che vuoi, sillabo ieratica, come fossi il suo dio che le apre le porte del paradiso, vieni dentro, Maria.

E mentre lei si spoglia, rimanendo in reggiseno e mutande, dio com'è bella, mentre s'infila il vestito, e si guarda allo specchio, e cammina su e giù nella stanza, e si sente importante, una signora, io mi distendo per terra, i piedi sul muro, a guardarla dal basso, e mi sembra di vedere mia madre, proprio lei col vestito verde, e sopra di lei tutti i vestiti che pendono come tante mamme, tutte le mamme di cui ho sentito parlare e che non ho visto, perché mai ho visto mamma con indosso uno di questi abiti. Rimpiango il tempo prima del lungo sonno, il tempo in cui non esistevo, quanto mi piacerebbe tornare laggiù, conoscerti nella tua giovinezza, il giorno che arrivi a Orbetello e scambi papà per un portantino, il giorno del matrimonio, o il giorno che stai per partorire e ti fotografano, tu raggiante, con la pancia enorme, e papà che dice: è uno. E poi siamo due. Usciamo, e siamo due. Il Professore ha avuto due gemelli, evviva evviva. Quanto vorrei averti conosciuta allora, mamma, prima di noi, quando tutto era pieno di speranza. Mi dicono che portavi gonne cortissime, che facevi impacchi di aceto sui capelli, mi raccontano che per tornare in forma dopo la gravidanza sforbiciavi le gambe anche per un'ora di seguito, magari distesa sulla moquette, quando noi dormivamo, e nonna ti diceva alzati Francesca, e tu rispondevi voglio finire.

Un senso di malinconia mi prende dentro, come una mancanza, la mancanza di quella mamma che non ho mai conosciuto, dove sei? Sospiro. Dove sei, mamma giovane e bellissima?

Vagheggio, rimpiango, mentre la mamma vera compare sulla porta, che fate qui? Chiede, e Maria si porta le braccia al petto come fosse nuda, e invece ha un vestito da sera, il vestito verde pisello. Mi scusi, dice. Mamma, gli occhi fissi sul vestito, non parla. Non volevo, prova ancora la mia amica, era per giocare, indugia, me lo tolgo subito, signora, e cerca di abbassarsi la cerniera sul lato, aiutami Teresa, mi chiama, e io mi alzo, ecco se lo toglie, rassicuro anch'io, disorientata dal silenzio e dagli occhi fissi di mia madre, cosa guardi, mamma, cosa vedi?

Qualche ora dopo, immersa nella vasca da bagno piena di schiuma, a fare bolle con la bocca, con mia madre che irrompe protestando che almeno le mutande potrei metterle agli sporchi, quante volte me lo deve ripetere, invece di reagire e dare avvio al litigio, chiedo: mi fai compagnia?

Devi essere una persona pulita, continua lei.

M'immergo di più, la schiuma fino al mento. Era bello il vestito, dico.

Lei appallottola le mie mutande.

Quando te lo sei messo?

Mia madre prende la spugna e si siede sul bordo della vasca, vieni qui che ti lavo la schiena.

Va bene, non ne vuole parlare. Mi tiro su, le do la schiena. Mi fai le scritte? Chiedo. Lei sbuffa, ti devi lavare.

Me le fai? Insisto.

Mamma intinge il dito nell'acqua, lo muove rapido sulla mia pelle, troppo rapido. Più piano, dico. Ora va pianissimo. A, T... mi tocca leggera, quasi una carezza, doppia T... mano di mamma, doveva toccarmi così quando ero bambina, non ricordo, O.

Gatto! Dico io. Hai scritto gatto.

4

I tre anni di medie sono un crescendo di divieti: niente uscite con le amiche, né feste di compleanno. Io a Port'Ercole vado a scuola, fine. Il motivo è che mamma e papà si sono resi conto, o qualcuno glielo ha detto, che nella scuola sul mare i ragazzi sono svegli: sesso, droga, gira anche la droga, Renzo! Li sento discutere: abbiamo sbagliato a mandarla laggiù, dobbiamo salvarla.

Solo che io non voglio essere salvata, io voglio rimanere nella scuola sulla collina, con gli amici che mi amano, e il mare, e gli scoiattoli. Sono felice, mamma, papà, per la prima volta in vita mia, piango tragica, sono una donna felice.

Donna, scuote la testa mio padre.

Provano a portarmi via, io mi ribello, fino a tentare il suicidio.

Ingurgito tredici aspirine, mi allungo sul letto e aspetto la morte. Mi addormento, mi risveglio, mi addormento. Mamma entra in camera, non capisce che sto morendo. Lo devo urlare con le ultime forze: mi sono suicidata. E mostro il blister vuoto.

Non muoio. Ma non mi arrendo. Ricattatoria, ribelle, incosciente, è l'età, tenta mamma con papà, non facciamone un dramma. Poi, invece, camicia da notte, fantasma, scalza, spettinata, con cadenza settimanale, compaio io annunciando: ho tentato il suicidio. Quella sera, in cucina, circa il decimo tentativo, loro sollevano gli occhi dal piatto e mi guardano, la mia famiglia mi guarda con pietà, non con preoccupazione. Io muoio – alzo il tiro – e voi mi piangerete.

Il neuropsichiatra infantile a cui si rivolge mio padre è un luminare che arriva da Roma apposta per me. Dottore, premesso che io sto benissimo, dico sedendomi di fronte a lui. Ho molti amici che mi amano, lei non sa quanto mi amano, la gente in generale mi ama, la mia vita è incredibile, dottore, ho tutto quello che voglio, e poi sono bella, una bella ragazza, non che pensi all'amore, è presto, più che altro è l'insieme, un magnifico insieme di felicità.

Lui mi fissa: volevi morire?

Il luminare crede di spaventarmi. Prendo un gran respiro, mi accomodo meglio sulla poltroncina, che poi è quella dello studio di papà, l'incontro avviene lì, e spiego: vede dottore, io non posso vivere la mia vita. Queste persone che sono i miei genitori mi tengono prigioniera, non si fidano di me, ma sulla base di cosa, dico io, ho mai ucciso qualcuno? Se questa gente non mi voleva, poteva non mettermi al mondo, mi dispiace, i figli sono individui a sé stanti con un loro carattere e una loro voglia di vivere, non è giusto tarpargli le ali, e io piuttosto che farmi tarpare le ali – eccedo in enfasi, la voce trema – piuttosto che farmi tarpare le ali, io... io me le tarpo da sola.

A conclusione dell'incontro il luminare si confronta con i miei. Non c'è niente che non va, sono solo un'adolescente che lotta per differenziarsi, per essere un individuo diverso dal genitore. Lui consiglia – con tutto il rispetto per il Professore, non sia mai, un umile consiglio – di scendere a patti: da una parte concedere, dall'altra vietare.

Papà si rifiuta: la muro in casa. Mamma scuote la testa.

Questi sono i miei genitori quando ho dodici anni, quasi tredici. Di cosa hanno paura? Quale futuro vogliono per me? Ecco mia madre, vestaglia e capelli raccolti, eccola uscire dal bagno, tornare da mio padre in salotto, riprendere il discorso – cerchiamo di farle riscoprire Orbetello, le amiche delle elementari – e rientrare in bagno. Uscire un'altra volta – in fondo manca un anno alla fine delle medie –, rientrare uscire ancora e ancora, per poi presentarsi in salotto senza vestaglia, deve averla dimenticata, e annunciare: un anno passa in fretta.

Dalle scale dove sono acquattata io, attraverso la camicia da notte trasparente, vedo il suo corpo come in una radiografia. Un corpo ancora magro, dalle linee perfette. In quanti l'hanno guardato, voluto, sognato? Penso agli uomini che hanno amato mia madre, me li immagino tantissimi, una folla che – spero, è la cosa che voglio di più da quassù, dalla cima delle scale – ancora la desidera. Che importa allora se mio padre la guarda distrattamente, e dice che in un anno può succedere di tutto, può anche rimanere incinta, e si volta di nuovo alla tv, mentre il corpo giovane di mia madre ritorna verso il bagno, mutando forma nelle diverse luci del corridoio, ora magrissimo, ora muscoloso, efebico, prosperoso, malato, quel corpo giovane che io, assieme a milioni di uomini immaginari, rimango a contemplare finché non sparisce nel bagno.

Seduti attorno al tavolo di cucina, mamma e papà mi comunicano le nuove regole: posso uscire il pomeriggio, incontrare le amiche di Orbetello, da quanto non le vedo? Passeggiare nel corso dalle 17.30 alle 19. Mi è permesso andare al cinema, sedermi a chiacchierare sulle panchine della piazza. Posso avere tutta questa libertà, ma a Orbetello, non a Port'Ercole. A Port'Ercole vado solo a scuola.

Esito un istante. Poi gioisco, e prometto: rimango qui davanti, se vi affacciate mi vedete, lo giuro sulla tua testa, papi.

Avevate ragione, mamma e papà, tripudio rientrando a casa la sera nei giorni a seguire, Orbetello è il mio mondo, la mia vita! Che bello passeggiare per il corso, sedersi sulle panchine, e sapete cosa? Voglio riprendere ad andare a Messa, la Messa è importante, io credo in Dio.

Sono cambiata, si rallegrano loro, bastava poco, regole, aveva ragione il luminare. Sospirano sollevati: credevano di avermi perso, e invece eccomi qua, bambina amatissima.

Sì, mamma e papà, eccomi di nuovo qua, rinsavita, buona, li abbraccio, non vi deluderò mai. Ora vado in camera a studiare, chiamatemi per cena.

Salgo, e mi butto sul letto: sono un genio. Che dicevo da piccola? Ge-ni-o. Avevo ragione.

Carissimo Professore, tua figlia è più furba di te. Esimio Professore, grand'uomo, personalità del territorio che controlli ogni cosa tranne tua figlia, perché lei mica si fa comandare, i pomeriggi che esce lei non rimane a Orbetello – come ha giurato sulla tua testa, Professore –, no. Nascosta dietro la siepe della stazioncina, aspetta il pullman. Sale, e si accuccia all'ultimo sedile. Arriva a Port'Ercole, trascorre un'ora con l'amica Maria – lungomare, via Caravaggio – a farsi guardare dai maschi, poi di nuovo pullman, Orbetello, casa. Mi dispiace, Professore, tua figlia fa quello che vuole lei, non quello che dici tu. L'unica al mondo a non fare quello che dici tu.

La sera, distesa sul letto, m'inorgoglisco al pensiero delle mie fughe, ce la farò, diventerò grande a dispetto di mio padre.

La vita intorno si muove a mio favore anche nei momenti difficili: sono di nuovo dietro alla siepe della stazione e un vecchietto si sporge dal finestrino per chiedermi se voglio un passaggio, un angelo mandato dal cielo proprio quando ho dato fondo alla mia paghetta e a quella di Gianni, nessun senso di colpa però, quello è un bambino, un bambino che non ha bisogno di soldi, un bambino innocente che continua a giocare a tennis, ignaro del mondo adulto che gli incombe sopra, se solo alzasse lo sguardo, vedrebbe chi è il mondo adulto minaccioso: sua sorella gemella. Ciao Gianni, rimani pure fermo laggiù, mentre io cresco, e salgo sulla macchina del vecchietto e dico: Port'Ercole.

Agli ordini, replica l'omino canuto. Questo nonno che ora si gira a chiedermi come mi chiamo, e se ho amici che mi aspettano. Questo nonnino che insiste: hai appuntamento con un maschio? E sorride: ah, i maschi, i maschi di una volta non ci sono più... E continua: alla vostra età i maschi sono sottosviluppati, le femmine vogliono altre cose... Questo vecchietto che infine propone: perché non andiamo al Monte? Mica c'è niente di male, chiarisce, solo conoscersi, precisa, allungando una mano sulla mia coscia.

Ho tredici anni e un vecchio mi sta molestando. Quest'uomo potrebbe sbattermi a terra, bloccarmi le braccia mentre mi tira giù i pantaloni, violentarmi.

Eppure io non mi spavento. Che poi il Monte, dico mondana, è abbastanza vicino a casa mia, la casa dell'estate, sa, non per vantarmi – e prendo il volo, e torno Teresa Ciabatti – la mia è la casa più bella dell'Argentario, con la piscina. Siamo io e Susanna Agnelli, che poi Susanna è un uomo, tipo uomo, lo dice mio padre che è suo amico, l'ha anche operata, perché papà è chirurgo, chirurgo primario di Orbetello.

Il vecchio si agita: il Professore?

Annuisco.

Lei è la figlia del Professore? Passa al lei.

Mi apro in un sorriso: proprio io, amatissima, adorata.

Al vecchio inizia a tremare la voce: lei mi deve scusare, signorina, io rispetto tanto suo padre, ogni volta che si sente il nome Ciabatti in Maremma si fa l'inchino... il Professore, il bene che ha fatto... io gli devo tanto, e mai, dico mai gli mancherei di rispetto, guardi, per il Professore mi taglierei una mano, davvero, lei mi deve credere, continua a dire fino a Port'Ercole dove mi lascia.

E io gli sbatto in faccia lo sportello.

In questo modo, mai in tragedia, si risolvono tutti gli eventi della mia infanzia e della prima adolescenza.

Come protetta da un mantello che rende invisibili, non ci sono conseguenze per me, sempre salva. Sto per cadere, cado, perdo l'equilibrio, agito le braccia, trattengo il respiro, adesso cado. Non cado.

Eccomi qualche anno prima, 1979, palco del Supercinema di Orbetello. Eccomi ingabbiata nell'intelaiatura di fil di ferro ricoperta di gommapiuma bianca, pallina di neve. Poco conta che nello specchio veda questa maschera, questa palla, questa cosa ridicola che sono io. Poco conta, perché pregusto il momento in cui mi staccherò dalle altre.

Dopo l'assegnazione dei ruoli di *Inverno*, la maestra ha introdotto una variazione al balletto: il cambio di stagione. Il sole che scioglie la neve portandosi via l'inverno. Una pallina, una di noi, deve staccarsi dal gruppo per issare il sole nel cielo. E chi se non io? Teresa, mi indica, mentre le altre mi fissano con odio. Nei bagni spiegherò che è stato mio padre, interviene sempre in mio favore, sospiro, non posso impedirglielo. Non è giusto, protesta flebilmente una di loro di cui non ricordo il nome. È la vita, replico io. Rassegnati, mia piccola compagna di danza, il mondo è questo, gente che possiede cose, che possiede te.

E ora lasciate che mi stacchi dal gruppo per andare al centro del palco, di fronte all'immenso pubblico. Sono io, gente, la migliore, la privilegiata, la bambina che farà strada perché figlia del Professore, a proposito... dove sei, papà? La luce della scena mi acceca impedendomi di vederti, una luce chiarissima in cui riconosco una specie di segnale segreto per me, solo per me, una promessa – ma di cosa?

Di un futuro diverso. Un futuro speciale, grazie a te. Così, immaginando il tuo sguardo, mi chino a raccogliere il sole. E con gesti lenti, una danza, lo isso in alto, sul gancio di ferro lassù, di fronte al fondale di cartapesta azzurro, e allora ti vedo, ti ho trovato, ti ho riconosciuto, papà, tra le ombre, sei tu, proprio tu, e mamma? Dov'è mamma? Mamma dorme.

Non esiste nessuna piscina, mi accusa Maria. È iniziata la terza media per me, e anche per lei, bocciata. Non esiste nessuna villa con piscina, continua a rinfacciarmi di fronte agli altri. Qualcuno ride, qualcuno annuisce. Io balbetto che sì, invece c'è, lo giuro. Ma ormai nessuno mi crede. L'estate è passata, e io sono sparita. Vagli a spiegare che i miei m'impedivano d'invitarli, niente portercolesi a casa. Vagli a spiegare che li disprezzano, drogati, manipolo di tossici ubriachi, pensano i miei genitori di loro.

Non faccio niente, mi biasima Maria, non ho una piscina e non scopo. Non lo prendo neanche in mano, figuriamoci in bocca. Gino, per esempio, che sarebbe pure interessato, ha chiesto che faccio, e Maria non poteva mentire! Allora lui ha provato a trattare: ok, scopare no, ma dietro? Tu lo prenderesti dietro, Teresa? Mi chiede Maria.

In che senso?

Nel culo.

E io, che non sapevo nemmeno che esistesse questa cosa al mondo, arrossisco.

Sei davvero infantile, Teresa Ciabatti, mi denigra Maria.

Seduta al banco, mentre gli altri si radunano nei corridoi per la ricreazione, io mi danno: avete vinto voi, mamma e papà, sono stata allontanata, contenti? Scrivo sul diario IL MONDO È CATTIVO, e lo coloro di rosa. Ora chiamo il Telefono Azzurro, medito, datemi il numero del Telefono Azzurro. Immagino la telefonata: mio padre mi tiene prigioniera... Potrebbe non bastare: mio padre mi picchia. Mi picchia tutti i giorni, due volte al giorno... Più drammatica: Telefono Azzurro, aiuto, mio padre mi violenta. Mi violenta in villa.

Poi ragiono: chi mai mi crederà? Chi può credere che il Professore – buono, benefattore, santo, aiuta i poveri – picchi la figlia? Quanto ti ama il tuo papà, mi dicono in ospedale, guai a chi tocca la sua bambina.

Una bambina che sta bruciando gli anni migliori.

Tredici anni non tornano più. Tredici anni è la vita che tu mi stai negando, padre.

Per colpa sua infatti sono di nuovo un'emarginata, esattamente come il primo giorno di scuola, quel giorno che nessuno sapeva chi fossi.

La mia stagione è durata poco, quanto vive una farfalla?

Ricordo la gonna, quando per la prima volta mi sono messa la gonna. Scendevo le scale, e i maschi giù a guardarmi le mutande. E il profumo. Nei bagni mi metto il profumo di Maria. Una nuvola di profumo, una scia dietro di me, dentro la quale ci sono maschi, tanti maschi, e poi mia madre che lo sente nel Fiorino – che è questo odore? – e mi obbliga ad andare a scusarmi coi professori.

Professori, scusate, pregiatissimi professori, è stato un errore. E i professori inteneriti sorridono a questa bimba ingenua, a questa anomalia in una scuola di mignotte.

Quanto vive una farfalla?

6

Benvenuti nel mio regno, annuncio nel giardino del Pozzarello, quando anche Maria, l'ultima della fila, passa sotto la staccionata. Ho portato i miei amici portercolesi nella casa con la piscina. Devono vedere che esiste davvero, capire chi sono io. È bastato arrampicarsi sul muro del passaggio segreto, quello che solo io e Gianni conosciamo, e mi ritrovo qui, illuminata da una luce diversa, una luce che viene da me, la mia tutina da supereroe, se alzo le braccia, volo. Ora seguitemi, mi rivolgo agli amici, Maria più due maschi che ci hanno accompagnato in moto. Terrazzo dopo terrazzo, il mio è un giardino immenso, scale e ancora giardino, metà rovi e sterpaglia – ma Nino cosa diavolo annaffia? –, seguitemi nei meandri del labirinto. Loro si guardano attorno, mai vista una villa del genere, villa da ricchi, ricchissimi come me, Teresa Ciabatti.

Mio dio, si blocca Maria raggiunto l'ultimo livello, e dietro di lei Gino e Federico. Non ci posso credere... Invece credici, credeteci, questa piscina è mia. Questa piscina vuota, che papà riempie solo a giugno, quando ci trasferiamo, prima c'è il rischio che qualche *sciorno* – dice papà – riesca a entrare, se dipendesse da lui metterebbe filo spinato, meglio: filo elettrico.

Ma è davvero tua? Chiede Maria.

M'innervosisco. Va bene, non possiamo entrare in casa, non ho le chiavi, né sono riuscita a capire dove le tengano i miei, ma posso descriverla a occhi chiusi, stanza per stanza, oggetti, il colore del copriletto di papà: celeste. E i bagni, ci sono undici bagni.

Undici persone possono pisciare nello stesso momento? Chiede Gino.

E io, senza nemmeno girarmi, respirando l'aria del mio giardino, che è un'aria diversa, come diversa è la porzione di cielo sopra e lo spicchio di mare davanti, io rispondo sì. Sì, ragazzi, possono pisciare tutti insieme.

Immagino quello che provano ora nei miei confronti: ammirazione, amore. Odio. E io che non voglio essere odiata, ma solo amata – amatemi, poveri! – li lascio entrare nel buco della piscina, fate quel che volete, correte. Sai cosa mi sembrano dall'alto, con Maria che fa la ruota e Federico che si aggrappa al trampolino penzolando i piedi nel vuoto? Guardali, i miei amici, guardali volteggiare, saltare, i miei meravigliosi criceti.

Scendi anche tu, urla Maria.

Non mi va.

Scendi, insiste lei.

Va bene, sbuffo. Vado alla scaletta.

Non è stupendo? Urla Maria. Stupendo, grida. E di colpo tace. Oddio l'eco. In questa piscina c'è l'eco. Poi titubante: ciao, urla.

Il ciao s'ingigantisce, e torna indietro.

Ciaooo! Grida più sicura.

Allora urliamo tutti: maremma impestata! Si accavallano le nostre voci. Maiala, boia, puttana!

...ala... oia... ana tornano indietro.

Sopra, il sole velato dalle nubi splende opaco. All'improvviso uno squarcio di luce, come se dio avesse proiettato un raggio sulla piscina, proprio dove siamo noi. Così giovani e baldanzosi. L'istante perfetto di silenzio, il senso di un pericolo imminente, ma anche di eccitazione per qualcosa che sta per esplodere. Possiamo baciarci, scopare, rotolarci, e scopare, scopare.

Maria si avvicina: dammi la mano. Io rimango ferma, non sono pronta, non voglio crescere, c'ho ripensato. Troppo tardi. Sapevi bene, Teresa Ciabatti, che venendo qui coi maschi saresti andata incontro al sesso. Preparati a vedere un cazzo per la prima volta in vita tua. Perché tu non l'hai mai visto, le regole del Professore in merito sono precise. L'ultima volta che hai visto tuo fratello nudo è stata a cinque anni. E tuo padre? Mai. Non hai mai visto il Professore nudo. Voi in casa avete il tabù del sesso, peccato mortale, se lo fate, non è dio che arriva a punirvi, ma papà in persona.

Dài, insiste Maria.

Trovo scuse: e se qualcuno mi vede, se arriva Nino.

Chi è Nino?

Nessuno.

Ti fidi di me? Mi prende per mano Maria. Io faccio sì con la testa, mi fido, mentre tu ti allontani sempre più, papà, a prua della nave sbiadisci, il ricordo di te, insieme alla tua voce – Lili Marleen – insieme alla tua voce possente che diventa eco remota, Lili Marleen.

Maria mi fa appoggiare con la schiena alla parete della piscina. Qualcuno mi bacerà.

Chiudi gli occhi, dice.

Non posso tenerli aperti?

Sento i ragazzi muoversi, qualcuno mi toglierà le mutande, qualcuno o tutti insieme.

Non aprire gli occhi, Maria armeggia con qualcosa. Si sposta, a cavalcioni su di me. Stai ferma, dice.

Io non mi muovo.

Le sue mani sul mio collo. Mi afferra un orecchio. Sento qualcosa di duro spingere, che fai?

Tieni gli occhi chiusi.

Spogliatemi, scopatemi, fatemi diventare grande. Poi dolore, dolore fortissimo. Che cazzo fai, spalanco gli occhi.

Sei stupenda, sorride lei.

In mano uno spillo e un tappo di sughero, Maria mi ha appena bucato l'orecchio. Oddio. I miei mi ammazzano, dico, e mi porto una mano al buco. C'è sangue, mormoro.

Due gocce, sminuisce lei. Ora il sinistro.

No, mi oppongo, basta, mi alzo.

Lo faccio per te, si alza anche lei, più alta di me di otto centimetri, mi guarda dall'alto.

Non capisci niente, dice. Diteglielo anche voi, si rivolge ai ragazzi. Loro fanno sì con la testa. Tenetela ferma. Io mi ribello: ho detto no. Mi bloccano. Non doveva essere così, non doveva essere questo. Mi immobilizzano. Mi tengono ferma e non mi scopano. Tappo di sughero dietro l'orecchio, spillo. Maria si lamenta che ho orecchie piccole.

Poi dolore. L'ago non trapassa la carne, troppo piccole, ripete lei, che orecchie c'hai? Io mi abbandono, non lotto più, mentre tu sbiadisci, papà, canzone lontana, bisbiglio, Lili Marleen, sempre più lontano.

Quando mi risveglio il cielo si sta dissolvendo biancastro, il sole è tramontato. Come se non fosse mai sorto.

Che succede? Muovo le gambe. Mi tiro su: sono nella piscina vuota. Con me nessuno. Inizio a ricordare. Maria, i ragazzi, il buco...

Maria, chiamo flebile.

Silenzio.

Maria, riprovo.

Mi hanno abbandonata. Aiuto. Mi tocco le orecchie, il sinistro è bagnato, sulle dita sangue, non due gocce, sangue, tantissimo sangue, sto morendo, venitemi a salvare, vi prego, piango, non chiamo più Maria, dico mamma. Papà. Sempre più piano, quasi un sospiro: mamma, papà.

Non riesco a muovermi, non sento più la testa, e le braccia. Mi ritroveranno cadavere.

Tra poco il cielo si scurirà, diventerà notte e io morirò. Muoio. Papà, giuro di non farlo più, sarò per sempre la tua bambina ubbidiente, ti prego.

In quel momento, o forse un po' dopo, al culmine del mio pentimento, sul bordo di travertino compare una gallina. Prima la testolina. Poi il resto del corpo. Una gallina bianca. Becco giallo, cresta rossa. Forse sono già morta e nell'ascesa dell'anima vedo animali. Coniglio, orso, cerbiatto...

Sbatto gli occhi. A incombere su di me rimane sempre la gallina. La gallina bianca che piega la testa, e mi fissa. Ha occhi enormi.

Salvami, dico.

Nel raggio di chilometri, solo noi, io e la gallina.

7

Non toccatemi, urlo. Due infermieri mi tengono per le braccia. Lasciatemi, scalcio. Brama mi ferma i piedi. Sul lettino del pronto soccorso, con una luce accecante puntata addosso, mi divincolo. E stringo la mano di mia madre, la stritolo, che facesse qualcosa, che urlasse basta a questa violenza. Mamma, la guardo con occhi imploranti. Lei si morde il labbro, non parla, opporsi significa andare contro papà. È lui che ha ordinato di mettermi i punti. Due punti senza anestesia. Due punti alle orecchie, quando sarebbe bastata una medicazione: lui ha voluto che sentissi dolore, che il ricordo di questo dolore mi fosse da monito per il futuro. Vi prego, implora una voce stridula che esce dalla mia gola, non fatemi male.

Dopo i punti non mi lasciano tornare a casa, anche questo è parte della punizione. Su una barella mi trasportano altrove. Chiedo dove stiamo andando, i due infermieri non rispondono, come da istruzioni del Professore. Mi spingono muti, pronto soccorso, cunicolo, ascensore, dove mi portate. Primo piano, corridoio, potrebbero portarmi ovunque. Facce di sconosciuti che mi guardano dall'alto, fino a oggi ero io il mondo verticale che abbassa lo sguardo, ero io la ragazzina che inorridita si volta dall'altra parte – oh papi, non voglio vedere – chiude gli occhi e sussurra: comprami il tutù. Possono portarmi ovunque, sala operatoria, obitorio.

Mi portano nella camera singola. Cercano di sistemarmi sul letto, faccio da sola, protesto, mentre quelli mi muovono come una bambola. Compare mamma, finalmente mamma, e gli infermieri escono. Mamma, bisbiglio.

Lei resta seria, hai fatto una cosa gravissima, dice.

Mamma, riprovo.

Si siede sul letto.

Ho paura, piango.

Vedo che vorrebbe abbracciarmi, invece si trattiene. Istruzioni del Professore. Mia madre è diventata esattamente quello che lui voleva che fosse. Solo adesso mi accorgo di quanto sia cambiata, che fine hanno fatto i vestiti colorati, e gli zatteroni, che fine ha fatto il Fiorino (appena sostituito da una Panda rossa), dov'è la mamma estroversa, allegra. Al suo posto una donna grigia. Una donna che al mio capezzale – per me sono sul letto di morte, ok? – riesce solo a mormorare: se non era per la gallina.

Quale gallina?

La gallina che hanno regalato a papà – si rianima lei per un istante, un istante brevissimo –, una povera gallina che Nino non ha avuto cuore di... E tuo padre, tuo padre che fa? Se la prende con lui – scuote la testa – che doveva chiedergli il permesso... Una gallinella, continua commossa mia madre, che male fa, va avanti sempre più appassionata, raggruppando mentalmente gli esseri indifesi, tutti insieme, animali, cuccioli, bambini, tutti gli esseri indifesi che siamo noi, tiranneggiati da mio padre. Adesso mi stringe forte la mano, e ripete una piccola gallina, ma intende me, la sua bambina.

Da quando sono in ospedale non ho ancora visto papà. È molto arrabbiato? Chiedo.

Sai com'è fatto, sospira mamma.

Ha vinto lui. Non è chiaro se lei lo assecondi in nome della famiglia, dobbiamo restare uniti, o per non riconoscere il proprio personale fallimento, non era questa la vita che sognava.

Entra un infermiere, dice dottoressa la cerca il Professore. Lei si alza, anche se all'ultimo si volta, quasi a voler tornare da me, stringermi, dirmi non aver paura, amore mio. Mia madre, su quella porta, potrebbe tornare indietro, alla donna che era, il medico, la hippie. Sai che farebbe adesso, quella donna lì? Andrebbe al Pozzarello, caricherebbe la gallina in macchina, la porterebbe a casa e, guardando mio padre fisso negli occhi, direbbe: lei rimane con noi.

Invece la donna di oggi esce dalla stanza, e si chiude la porta alle spalle.

Io mi giro dall'altra parte, mi raggomitolo. Nei miei ricordi mi addormento, nei miei ricordi è tutto consequenziale: ambulanza, ospedale, punti, stanza, sogno. Nella realtà forse non mi sono addormentata, forse succede la notte a casa, o molte notti dopo.

Sono di nuovo nella piscina vuota. Sul bordo la gallina bianca. Ancora lei. Becco giallo, cresta rossa, ancora lei che mi fissa, e piega la testolina da un lato. Occhi enormi, ingigantiti.

Stavolta mi alzo, nel pieno delle forze, mi assicuro che le orecchie siano intatte, lo sono. Salgo la scaletta. Gallina gallinella, la inseguo cercando di non spaventarla, in punta di piedi, gallinella bella, sul bordo, lei zampetta, gallinella fontanella, piano come se danzassi, ora la prendo e la porto a papà che mi dice grazie, perché io so che lui non vuole la bestiola a casa, è furioso per colpa della gallina, ma ora io l'acchiappo, te la prendo papà, gallinella campanella, si è fermata, allungo le mani, buona così... ma lei si butta nello skimmer che è grande come un pozzo. Io non mi scoraggio, devo consegnare la bestia a mio padre, lui deve dirmi grazie. Mi butto anch'io nello skimmer. Cadiamo, precipitiamo. Non c'è fine, non vedo niente sotto, nessun fondo. Cadiamo, e ancora cadiamo, la gallina davanti. Di colpo atterriamo. Tonfo, prima suo, poi mio. Dove siamo? Mi guardo attorno, il bunker è la riproduzione perfetta di camera mia, ecco la testolina di polistirolo, mi rimetto in piedi, oplà, ecco la bambola, e la gallina sul letto dove è caduta. Ora la prendo, mi avvicino, gallinella. Stavolta lei si lascia toccare, gallinella pioggerella.

Solo ora mi accorgo della chiazza. Sotto di lei si allarga una chiazza di sangue. Mi agito, la prendo tra le braccia, oh gallina, tento di tamponarle la ferita con le mani che mi si riempiono di sangue, non la mollo, non lascio questa creatura piccola, così piccola, e bianca, non morire, sussurro, e la stringo forte al petto, questo essere minuscolo, voi non sapete com'è speciale lei, e fragile, così fragile, gallinella adorata, non lasciarmi sola, ti prego.

Mi sveglio, mi rigiro, tolgo il cuscino, ho caldo, scopro le gambe, ho freddo, nella finestra il cielo di Orbetello è nero. Non so per quanto tempo mi lasciano nella stanza. Forse ore.

A un certo punto rientra mamma, e mi dice torniamo a casa. Scatto in piedi, mi rianimo, giuro che non lo farò mai più, giuro che da oggi sarò una ragazza seria, dichiaro infilandomi le scarpe. Dillo anche a papà... parlaci tu. Lei scuote la testa. La paura aumenta, stavolta non mi perdona, stavolta succede qualcosa di brutto, lui mi farà male... Senti, propongo uscendo, non è che potrebbe parlarci zio Umberto? Anzi: non è che posso trasferirmi a Grosseto per un po'? Venti giorni a Grosseto... quante estati mi avete depositato da loro a Marina di Grosseto, depositata come un pacco, rivendico trasformando di colpo gli eventi gioiosi in trauma. A due, tre, quattro anni, ero solo una bambina... perché non adesso? Che importa che c'è scuola? Non mi venire a dire che non puoi avere un finto certificato! Venti giorni, poi torno, mi accaloro incrociando medici e infermieri – Teresina, come ti senti? Ci hai fatto preoccupare – lasciami andare a Grosseto, mamma, insisto sbucando nell'atrio dove mi viene ad abbracciare Nino – quanto ci hai fatto preoccupare, Teresa.

È lì, tra le braccia di Nino, oltre la sua spalla, che vedo aprirsi la porta del suo studio. Nino si stacca da me, in presenza del Professore io non vado toccata. E rimango sola, al centro, mamma poco dietro, rimango piccola e sola ad affrontare lui.

Uno di fronte all'altra, tu che mi fissi, e io che non abbasso lo sguardo. No, papà, stavolta non lo abbasso. Non corro da te a implorare perdono. Non piango, non singhiozzo.

Rimango ferma dove sono. Lo spazio che ci separa è la nostra piscina, i tuffi, io che nuoto tra le tue braccia, tu che mi issi sulle spalle. Lo spazio che ci separa è la gita in peschereccio, dove siamo andati l'ultima volta... Giglio, o forse Giannutri. Eccoci di ritorno, il cielo arancione, stanchi, capelli di salsedine. Che giornata! Pesca di frodo, bagno nella riserva naturale – al Professore è concessa ogni cosa –, pesci vivi cucinati sul momento, e vino, e tuffi. La gita dell'ospedale. Ogni anno il Professore affitta un peschereccio per alcuni prescelti fra medici e infermieri con rispettive famiglie. C'è trepidazione: chi sceglierà quest'anno? Chi sono stati i più meritevoli? Una giornata che il Professore regala alla sua équipe. E naturalmente alla sua famiglia, prima di tutto all'amatissima bambina che adesso a prua guarda il porto all'orizzonte. Ha un costumino rosa a fragole rosse. Le dispiace che la gita sia finita, si è divertita a tuffarsi con gli altri bambini, per ultima, attardandosi sul parapetto, a fingere timore, quando lei non ha paura di niente. E poi giù, in acqua, con la speranza di nuotare tra i delfini, solo lei, gli altri distanti. Porta le gambe al petto, poggia il mento sulle ginocchia. I capelli le svolazzano sugli occhi. Chiunque la veda ora può solo amarla. In questo preciso istante, col vento che si è alzato, e i bambini con gli asciugamani sulle spalle. Proprio adesso, nella luce di fine giorno, e con questa creatura splendida a prua, una voce chiede: Professore, ci canti qualcosa.

Il Professore canta bene, in pochi lo sanno.

Forza! Si aggiungono altri.

Non fate i grulli, si schermisce lui.

Non è timidezza la sua, è che quest'anno c'è Umberto Veronesi (nei miei ricordi è proprio Umberto Veronesi, o forse no), ospite di prestigio, nonché amico personale del Professore. E insomma, non se la sente di fare il pagliaccio davanti all'Umberto. Pro-fe-sso-re Pro-fe-sso-re Pro-fe-sso-re. Suvvia, si ritrae ancora lui. Pro-fe-sso-re Pro-fe-sso-re Pro-fe-sso-re, insiste l'équipe.

Lui scuote la testa.

Pro-fe-sso-re Pro-fe-sso-re Pro-fe-sso-re, continuano i poveri. Forza! Reclama il mondo. Un mondo prono, così bisognoso di una tua parola, o anche un piccolo gesto, un mondo di sudditi che riconosce in te il sovrano. Venga il tuo regno, papà. Venga il tuo regno, dove io sarò principessa.

Allora lui rivolge un mezzo sorriso all'amico Veronesi, quasi a scusarsi: è gente semplice... Allora lui, slip azzurro, pancia prominente, intona: *vor der Kaserne vor dem großen Tor stand eine Laterne...* e mentre gli altri s'incantano in un silenzio spettrale, un silenzio che avvolge il peschereccio, il mare, l'Argentario tutto – dove pare che d'improvviso si sia messa a tacere la natura stessa, i pesci sott'acqua, i gabbiani nel cielo, le volpi nei boschi, e il vento, ogni essere vivente si placa ad ascoltare il suo re – io m'intristisco. La creatura splendida che sono io, quella che un attimo fa tutti rimiravano amandola, si alza e va verso poppa. *Stand eine Laterne, und steht sie noch davor...* Mi faccio largo tra la gente, spostatevi... *So woll'n wir uns da wiedersehn...* Ho detto spostatevi. Do spintoni, perché lui mi sta facendo questo, perché stai regalando la nostra canzone, la canzone che mi cantavi da bambina, con mamma che ti spingeva: dài, Renzo, lei si addormenta solo con la tua voce... *Bei der Laterne woll'n wir stehn.*

Eccomi arrivare a te, superare il confine invisibile, eccomi al tuo cospetto, canta per me, addio piccina dolce amor, canta solo per me, papà, *wie einst Lili Marleen...*

Fine. L'Argentario si risveglia, il vento riprende a soffiare, e sul pelo dell'acqua si vedono guizzare pesci. L'équipe applaude, scroscio di applausi, che voce, che gran voce il Professore!

Io mi struscio sulla tua gamba, e guardo la folla da qui, come una tua propaggine, gamba braccio mano, vi guardo che applaudite, grazie grazie, e mi stringo ancora di più: quest'uomo straordinario, chirurgo eccellente, prodigioso cantante, sono io.

8

Il coccodrillo in piscina. Sotto il sole di giugno, in questo silenzio, solo il frinire delle cicale, e lo sbattere ritmico del coccodrillo – vatti a riprendere quel coso – che sospinto dal vento dà colpetti regolari allo skimmer. Vatti a riprendere quel coso, perdio!

Viene dall'America, un regalo dell'amico americano di papà, quello che si presenta ogni estate con un cesto di shampoo Johnson & Johnson,* quest'anno cesto più coccodrillo.

Un coccodrillo verde che non ha nessun altro, vai a sapere che in pochi anni invaderà spiagge e piscine di chiunque. Per adesso, però, quando la piscina è ancora privilegio di pochi, quando dall'aereo s'indicano i radi riquadri azzurri, beati loro, i ricchi, per adesso dunque il coccodrillo è solo qui, nella nostra piscina. Avanti e indietro, rumore che s'ingigantisce, forse che dopo l'incidente il mio udito è diventato più sensibile? Hai voglia a coprirmi le orecchie per non sentirlo, per non sentire la voce che continua a ordinare di andarmi a riprendere quell'aggeggio, è mio, giusto?

Alla fine mi alzo dalla sdraio. Quanta luce, troppa luce, se potessi – cammino evitando i sassi – se ci fosse un modo – saltello sui lastroni – oscurerei il sole che batte su ogni cosa, anche sullo smalto azzurro dei miei piedi abbronzati.

Appena mi chino, una mano da dietro mi spinge: trascinata dai vestiti, sprofondo in acqua. Chiudo gli occhi e cado giù senza opporre resistenza. Potrei morire? Perdono mamma, perdono papà, non volevo... è stata Maria, tutta colpa sua. Voglio affogare. Allora mi piangerete, piangerete l'adorata bambina, la figlia così giovane – sprofondo sempre più giù – troppo giovane, con tutto ancora da venire! Viaggi, vestiti, amori. Mi rianimo, oh sì – promesse, speranze, e amori – ho così tanto da realizzare! E sgambettando inizio a risalire, sforbicio veloce, perché ho deciso, voglio vivere. Schizzo con la testa fuori e no, non c'è sangue, mamma e papà non sono arrabbiati, mamma ridendo dice sembri un coniglio. I cerotti mi pendono sul collo.

Me li tolgo e inizio a nuotare.

Testa sotto, angelo. Riemergo, e di nuovo sotto: verticale, ruota. Giravolta, farfalla, guizzo di dorso, per caprioleggiare ancora e ancora, dio come faccio le capriole io.

Il sole rende l'acqua argentata e i colori tutt'attorno accesissimi, quasi l'istante perfetto dell'estate. E della giovinezza. Il momento che non tornerà mai più.

Anche Gianni si butta. Allora io dico: papà.

Prima piano. Poi forte: papà. E ancora più forte: papà.

Tutto è perdonato. Questa è l'estate. Nei miei ricordi è adesso che arriva la voce.

Professore. Arriva dall'alto. Professore. Più vicina.

Ci voltiamo. Dalle scale del giardino scende un uomo, uno sconosciuto. Ha una pistola.

Professore, dice, la pistola puntata su papà, lei viene con me.

Papà si alza, tocca il braccio di mamma, le dice qualcosa. Poi si avvicina all'uomo. Ora ci girano le spalle e salgono le scale del giardino. L'uomo tiene ferma la pistola sulla schiena di mio padre.

Potrebbe sparare, potrebbe ucciderlo. Papà, dico solo dentro di me, perché non riesco a parlare, vorrei urlare, fermarli, ma non riesco, rimango immobile. E così mamma, e così Gianni. Paralizzati per lunghissimi minuti, anche quando i due sono spariti dalla nostra vista, anche quando sentiamo il motore della macchina allontanarsi, se ne sono andati, l'uomo ha portato via papà. E noi non riusciamo a fare niente, neanche a guardarci.

Non so quanto passa prima che io dica pianissimo mamma, e Gianni esca dall'acqua, e dica mamma, anche lui.

Io rimango a galleggiare priva di forze, finché mamma ordina: uscite dall'acqua. Dice uscite anche se Gianni è di fronte a lei grondante. Uscite subito, dice mia madre.

---

* Philip B. Hofmann, presidente della Johnson & Johnson, azienda di medicinali pronti per l'uso (dalle prime garze antisettiche, ai cerotti Band-Aid, alle creme per neonati), omaggia ogni anno il Professore in nome dell'amicizia profonda che legava Lorenzo Ciabatti a Robert Wood Johnson II, presidente e proprietario della J&J, morto nel 1968. Robert Wood Johnson II, autore del credo che resta ancora oggi il punto di riferimento della gestione aziendale, nonché figlio di Robert Wood Johnson I, fondatore della J&J, fu amico personale di Lorenzo Ciabatti.

Parte terza

LA REIETTA

Francesca Fabiani

1

Voglio sapere chi è mio marito, dice mamma all'uomo in giacca e cravatta al di là della scrivania. Si sente una cretina, una totale cretina, abbassa lo sguardo, non lo racconterà a nessuno di essere andata dall'investigatore, sarà il suo segreto, promette a sé stessa Francesca Fabiani (1939-2012). Del resto, da quando ha sposato Lorenzo Ciabatti, è stato tutto un accumularsi di segreti, quelli che oggi vuole scoprire. Il sequestro, per esempio. Con la mente torna e ritorna laggiù, di nuovo in piscina, rivede scendere dalle scale del giardino lo sconosciuto. Di giorno e di notte, nei ricordi e nei sogni, mio padre le mette una mano sul braccio, e si raccomanda di non chiamare nessuno, lui torna presto.

Quante volte nella testa di mia madre si è ripetuta la stessa scena, con finali diversi: papà fugge, papà dice che è uno scherzo, papà va con l'uomo e non torna più, l'uomo spara, papà muore. Noi orfani.

Ha rimesso insieme i pezzi, ragionato sui dettagli – tono di voce dell'uomo, reazione di Renzo, com'era? Spaventato, stupito o per nulla sorpreso? Mille volte mia madre ha rivissuto gli attimi successivi all'evento, li ha rallentati, portati indietro, e di nuovo avanti. Ha analizzato il dopo, come si è comportata, forse ha sbagliato, doveva fuggire allora, era quello il momento.

Dopo che papà e l'uomo se ne vanno, dopo che sente il motore dell'auto allontanarsi, lei si precipita in casa. È nel panico, ma non vuole spaventarci. Va al telefono della cucina. Papà ha detto di non chiamare nessuno, perché? Umberto, per primo lei chiamerà Umberto, sfoglia la rubrica, tremano le mani, C, Ciabatti, Umberto Ciabatti. Alza la cornetta, compone il numero. Silenzio. Riaggancia, rialza, nessun segnale. Abbassa e rialza, abbassa e rialza. Telefono isolato. *Loro* sapevano che ci avrebbe provato. L'avevano previsto. Ha paura, mamma, sempre più paura, se fosse sola sarebbe diverso, ma ci siamo noi, e deve salvarci. Torna in piscina, ci dice di uscire dall'acqua, e di andare giù, sbrigatevi.

Giù dove?

Il bunker io l'ho visto solo da fuori. Dentro immaginavo topi, serpenti, scorpioni, mi fermavo all'entrata, infilavo la testa, papà fai presto, dicevo a mio padre sparito nel buio per prendere qualcosa, di lui sentivo i movimenti, o forse erano topi serpenti scorpioni. Papà, chiamavo di nuovo. Che c'è? Dall'oscurità. Ci sei?

Per riuscire a addormentarmi, la notte, dovevo dimenticarmi che là sotto c'era lo spazio vuoto. Se me ne ricordavo, si animavano figure, figure di uomini nascosti, uomini che ci spiavano dagli oblò, e che prima o poi sarebbero saliti in superficie a prenderci.

Alla fine è successo davvero, le mie paure hanno preso corpo: lo sconosciuto con la pistola. Unica differenza: non è arrivato da sotto, ma da sopra. Sogno cose che succedono. Ho sognato mio padre e mia madre morire. Li ho sognati fin da bambina, sarebbero morti giovani. Siete morti.

Oggi, a quarantaquattro anni, sogno quello che è già successo: io che trovo i lingotti d'oro nel cassetto di papà – che meraviglia! – e ci costruisco il castello di Barbie, mio padre che mi porta a casa di Licio Gelli, qui si può volare! Sogno mia madre che ci trascina giù per i gradini del giardino, apre la porta nascosta dai rampicanti, e ci spinge dentro. Abbiamo tredici anni, mio padre è stato appena rapito, e noi siamo nel bunker.

Mamma, mormoro mentre lei si chiude la porta alle spalle e aggancia il lucchetto, e tira la sbarra di ferro. Mamma, ripeto.

Per i polsi, io da una parte, Gianni dall'altra, lei ci guida lungo il corridoio, quindici metri, la lunghezza della piscina.

In fondo, schiena alla parete, ci sediamo a terra. Mamma in mezzo. Io poggio la testa sulla sua spalla, Gianni si rannicchia contro il suo fianco.

Fuori è ancora giorno, il sole filtra nell'acqua, trasformandosi in luce azzurrina, l'unica luce che ci illumina come quella di un televisore.

Il bunker non ha finestre, tranne tre oblò sull'acqua. Siamo sott'acqua, sottomarino o relitto. Mamma, pigolo, che succede ora?

Vista da vicino mamma è giovanissima. La pelle liscia, neanche una ruga. Scostandosi gradualmente appaiono le borse sotto gli occhi, il tessuto del collo in via di cedimento, e si ricompongono i tratti di una donna di mezza età. Ma solo noi ormai abbiamo la possibilità di vederla guancia su guancia, naso su collo, ci strusciamo su di lei, odore di mamma. Non so in quanti abbiano guardato mia madre a pochi millimetri, in quanti l'abbiano vista ragazza, d'un tratto di nuovo ragazza, quando i suoi occhi si fanno enormi. Un tempo mio padre. Qualche anno fa un tale Michelangelo. Un alcolizzato, come lo definisce papà con gli amici. Un alcolizzato che attira la pietà di mamma: povero Michelangelo, voi non capite... Non posso dire con certezza che quel Natale a Kitzbühel, lei che sparisce per un pomeriggio intero, si sia consumato un tradimento. So solo che lei ricompare prima di cena, dopo che tutti l'hanno cercata in albergo e fuori, dov'è Francesca. Lei si materializza la sera come se niente fosse. Ho aiutato Michelangelo a fare un pupazzo di neve, dice, voleva tanto costruire un pupazzo. E mio padre: un pupazzo di neve? Le sue uniche parole. Ecco, io non ho la certezza che quel pomeriggio lei abbia tradito, o che invece sia stata solo una messinscena per umiliare papà davanti agli amici, Professore cornuto. Sia quel che sia, è stato un affronto. Un affronto pubblico, peggio di un tradimento reale.

Anche lei, dunque, arrivati qui, nel bunker, ha le sue colpe.

Inutile che faccia l'innocente, la madre santa che sistema le nostre testoline sul suo grembo: provate a dormire, chiudete gli occhi. Perché se siamo qua sotto è anche colpa sua, chiudiamo e riapriamo gli occhi, lei ha disobbedito, chiudiamo e riapriamo gli occhi, ipnotizzati dalla luce azzurrina degli oblò, doveva essere più buona, chiudiamo e riapriamo gli occhi, le nostre teste si toccano sulla sua pancia. È colpa tua, solo colpa tua, mamma, anche colpa tua, penso. E chiudo gli occhi.

Negli oblò diventa sera. Poi notte. La piscina un pozzo nero, e noi seppelliti vivi, cosa si prova a essere seppelliti vivi.

Mi fa male il sedere. Ho freddissimo, dico. Anch'io, segue Gianni. Mamma si sfila il camicione, d'estate porta solo camicioni come le cameriere, se lo sfila e ce lo sistema addosso, poi ci stringe a sé. Famiglia, siamo una famiglia senza papà, lui potrebbe non tornare più, potrebbe? Penso sollevata.

D'improvviso libera, come se qualcuno mi avesse tolto un bavaglio dalla bocca, adesso respira, respira Teresa... ma subito dopo vedo mio padre piegato dal dolore, l'uomo con la pistola deve avergli tirato un calcio, e gli sta bene: un padre deve pensare ai figli, prima i figli, poi il resto, non mio padre. Ora lo immagino disteso a terra, quasi morto, e l'uomo che continua a picchiarlo, non si ferma... ti prego, fermati, vorrei urlare, basta così, è mio padre. Ecco il cuore pulsante della nostra famiglia, un buco nero intorno a cui crescono risentimento e amore di tutti verso tutti, anche dopo la morte. Cosa si prova a essere seppelliti vivi, non lo so, chiudo gli occhi fortissimo.

Qualcosa si muove dentro l'acqua, qualcosa di piccolo... un pesce, scatto in piedi io. Hanno buttato un pesce in piscina, su c'è qualcuno, se gridiamo ci sente, aiuto aiuto, la mano sul vetro, quasi a prendere il pesce, è come un acquario, come vedere la propria vita da fuori, ora nell'acqua ci sono io, le guance gonfie a trattenere il respiro, i capelli come alghe, il costume rosa a fragole, ora c'è il pesce giallo, che cade lento, e si deposita sul fondo. È una foglia. Cosa si prova a essere seppelliti vivi.

Non saprei dire quanto tempo passa dalla foglia, da me che torno a sedermi di fianco a mamma, ai rumori fuori. Pochi minuti o forse ore. Sentiamo voci. Sono arrivati. Mamma ci stringe. Una voce chiama dottoressa. Poi colpi. Colpi fortissimi. Io nascondo la testa nella spalla di mamma, non voglio vedere. Colpi e ancora colpi, dottoressa, chiamano, siete dentro? Lei non risponde. Rimaniamo in silenzio, stretti stretti, siamo un'unica persona: madre, figlio, adulto, bambino. Sono arrivati.

Quando la porta si apre, nella luce biancastra vediamo solo sagome scontornate – buoni o cattivi? – restiamo immobili – a salvarci o ucciderci? – fin quando la voce non dice: dottoressa, sono Marrucci.

Marrucci, Brama, Migliorino avanzano verso di noi e, mentre i nostri occhi si abituano alla luce, i loro tratti prendono i contorni, Nino, Martinozzi, Temperini. Sono loro, Salvini, Barozzi, Bertocchi, sono arrivati.

Ci chiedono se stiamo bene, Brama ordina a Migliorino di andare a prendere gli asciugamani, dobbiamo coprirli, stanno tremando. Solo ora mi accorgo che siamo nudi. Noi in costume, mamma in mutande che incrocia le braccia a coprire il petto, non ha reggiseno.

Qualcuno mi tende la mano, io la prendo, l'afferro, non so chi sia, Brama, Nino o Martinozzi. Mi alzo, le gambe informicolite. Anche Gianni si alza. Mamma invece rimane a terra, gli occhi bassi. Dottoressa, ripete Marrucci, raccogliendo il vestito e porgendoglielo. Lei lo prende, se lo infila dalla testa, si alza, e si lascia andare a peso morto tra le braccia del ginecologo.

È morto? Chiede in un sussurro.

Arrivano gli asciugamani rosa. Qualcuno ci avvolge come neonati, e ci guida su per le scale del giardino. Solo in cima mi volto: quella figurina ricurva sulla porta del bunker potrei essere io, mio fratello, la giovinezza tutta, invece è mia madre. Allora tu, figlia, liberati dell'asciugamano e, cercando di evitare i sassi, scendi le scale, e salta, l'altezza più alta che tu abbia mai saltato, figlia, salta, e vai incontro alla mamma.

All'inizio, quando lui torna, come alla fine di una qualunque giornata di lavoro, lei lo abbraccia in lacrime, amore mio – da quanto non lo chiamava amore?

Lui le dà un buffetto sulla guancia, suvvia.

Chi era quello, che voleva? Chiede lei. Ti ha fatto del male, dimmelo, Renzo.

Un drogato di Albinia.

All'inizio. Nei giorni a seguire arrivano i dubbi – un drogato con la pistola? Mio padre sminuisce, la pistola ce l'hanno tutti. Nei giorni a seguire sale la rabbia: mia madre minaccia di andare alla polizia. Mio padre alza le spalle, ti ridono dietro, anche loro conoscono quel drogato. Mia madre però la gente della zona la conosce, anche solo di vista. E quell'omone no. Quell'omone che è piombato a casa puntando la pistola addosso a lei, a noi, a papà, quello sconosciuto che ha intimato al Professore di seguirlo.

Infine lo sconforto: non è una vita normale – piange lei – non è normale che arriva uno con la pistola e ti porta via.

Dopo tutto questo, Francesca Fabiani dice basta.

Dopo gli anni in cui si è fatta sempre più incolore, sforzandosi di essere la donna che voleva il marito, chiudendo gli occhi, facendo finta di non vedere, ignorando le chiacchiere di paese, ripetendosi nella testa: mio marito è un uomo buono, una persona perbene, ecco, dopo anni di pazienza che non era altro che speranza, lei sbotta. Lo strappo può sembrare repentino. In realtà il giorno che lei comunica a mio padre la decisione, quel giorno che Francesca Fabiani appare così ferma, gli occhi asciutti – quando ci si aspetterebbe lacrime – lei sta finalmente reagendo. Non è più vittima, diventa eroina (mai donna normale, o vittima o eroina, non riesce a immaginarsi in altro modo, mia madre), può dire lo faccio per loro, io m'immolo per i figli. Non vuole che cresciamo in mezzo allo schifo. Non le importa neanche più sapere dove va papà quando sparisce, se da un'amante, o da amici segreti, facesse quel che vuole, ma senza di noi. Noi ci trasferiamo a Roma. Via dei Monti Parioli 49a. Per fortuna c'è casa di nonna. Non avrai un soldo, minaccia papà. E mamma: non m'importa.

Solo un'esitazione, un unico momento di esitazione.

Chiusi in cucina papà ripete: non riuscirete a campare senza soldi. E lei: non puoi fermarci.

Allora lui scoppia a piangere, eccolo l'unico istante di esitazione per mia madre. Il Professore scoppia a piangere. Esce dalla cucina e ci passa davanti. Piange? Chiede Gianni sottovoce. Piange.

In tredici anni di vita noi non abbiamo mai visto nostro padre piangere. Mamma mille volte, mamma piange per qualsiasi cosa. Nella nostra mente i padri non piangono.

È difficile risistemare le categorie, ridefinire i ruoli, stabilire le eccezioni, e soprattutto capire cosa dobbiamo fare noi, qual è il nostro compito di figli adolescenti e spaesati. Ci viene chiesto di vedere oltre, al di là della giovinezza, e da laggiù capire. Questo ti viene chiesto, figlia: capire che mamma e papà sono esseri infinitamente piccoli. Ti viene chiesto un salto nel futuro, dove tu devi essere donna che si siede di fianco al padre, gli prende la mano, e lo rassicura: non preoccuparti.

Invece noi seguiamo papà su per le scale, poi nel corridoio fino in camera sua.

Lui si siede sul letto e si asciuga gli occhi – dentro il Professore c'è ancora il bambino paffuto di Marina di Grosseto, quello della foto, lo vedi, mamma? – e dice: lei vuole dividerci.

Io biascico no, non è vero. Gianni ottimista: andiamo tutti a Roma!

Papà scuote la testa e deglutisce (ferma qualcosa che gli sale dallo stomaco, lo blocca nella gola, se non fosse lui, se fosse un altro uomo, una donna o un bambino, direi un singhiozzo, mio padre soffoca un singhiozzo).

Siamo una famiglia, dico io, d'un tratto donna, il mio salto nel futuro, ce l'ho fatta. Sì, papà, rassicura Gianni, anche lui adulto. Tutti insieme, dico, stavolta meno sicura. Perché staremo insieme, vero? Crollo, di nuovo bambina. Per quanti istanti sono stata grande, papà?

E papà senza guardarci dice: lei è cattiva.

2

Mi chiamo Francesca Fabiani, e voglio sapere chi è mio marito.

Non lo dirà a nessuno di essersi rivolta all'investigatore privato, quello della pubblicità – TOM PONZI, AGENZIA INVESTIGATIVA DAL 1943 – se lo terrà per sé, giura a sé stessa. E invece alla fine lo confessa a Fiorella, che sospira: dài, Francesca, che ti metti a fare.

Ci sono cose che tu non sai, replica mia madre.

Lei e Fiorella si sono perse per sei anni, e in quei sei anni è cambiato tanto, complicato stare qui a spiegare, ci sono fatti, e non solo, segnali all'apparenza insignificanti che davvero sarebbe difficile ricostruire adesso, avrebbe anche poco senso, quel che conta è che oggi siamo qui, e ci siamo ritrovate. Già, perché si erano perse?

Dopo che siamo nati noi, mia madre e Fiorella hanno iniziato a sentirsi meno. Poi un giorno più niente. Fiorella telefonava, non gliela passavano, Francesca dorme, dicevano. Mamma non richiamava. Era l'anno della cura del sonno.

Nessuno ha obbligato mia madre a sottoporsi alla cura del sonno, nessuno le ha detto: ora tu la fai, sennò. È stata lei – in piena facoltà d'intendere e di volere – a decidere di farsi addormentare. Sembrava la soluzione, dirà anni dopo.

Mia madre lascia il lavoro e si ritrova a fare la mamma, nient'altro. Portarci a scuola, venirci a riprendere. Me a danza, Gianni a tennis, e a pescare alle cinque del mattino quando a mio fratello prende la passione per la pesca. Si concentra a organizzare viaggi: andiamo a Londra, Parigi, Vienna, Los Angeles. Sembra felice, ogni giorno s'inventa qualcosa per divertirci.

Eppure mentre noi urliamo, e le saltiamo addosso, e la baciamo, qualcosa dentro di lei si spegne. Ride poco, le manca Roma, dimagrisce.

Ricordo il momento preciso in cui capisco che mamma è magrissima. Chiusi fuori dal cancello del Pozzarello basta passare tra le inferriate per andare a prendere le chiavi sotto il vaso, Gianni dovrebbe passarci, è così sottile lui. Invece rimane incastrato, come facciamo ora. Ci prova mamma, di profilo, è lei che passa attraverso le inferriate dove non è passato un bambino di sei anni.

Non mette più gonne, né vestiti. Solo pantaloni e camicia. La sua stanza guardaroba diventa il ripostiglio del passato, lì mi rifugio io a rimirare le mamme luccicanti appese alle grucce. Le mamme che non sono più la mia.

Una diagnosi vera e propria di depressione non c'è mai stata. Lo dice papà, lo dice lei: forse sono un po' depressa. Dopo anni di studio e ospedale le manca il lavoro. Mi sento inutile, dice. Chiusa in camera piange. Depressione, ripete papà.

Succede che cada a terra. Perde l'equilibro e cade, niente niente, dice a noi che la soccorriamo, e si rialza. Depressione, insiste papà.

Dopo visite specialistiche prima a Grosseto poi a Roma, papà viene a sapere di un nuovo metodo risolutivo: la cura del sonno, usata per liberare da dipendenze – alcol, droga – ma anche nei casi di depressione grave. Mamma è incerta, la sua non è depressione grave, è più una reazione fisiologica all'abbandono del lavoro, un attimo di smarrimento. Anzi: sente di poterne uscire da sola proprio grazie a noi. Papà scuote la testa: non ce la fa.

Passano i mesi e lei continua ad avere attacchi d'ansia. Ansia che riversa su di noi, vuole portarci il più in fretta possibile all'autonomia: comunione, cresima, elementari... e poi: medie, ginnasio, liceo, università. Veloci, velocissimi. Dobbiamo diventare adulti, è urgente.

Le cade tutto di mano, anche un bottiglione d'olio, sette anni di sfortuna, sentenzia papà. E per cosa? Per la tua depressione, Francesca.

Settembre 1978: mia madre accetta di sottoporsi alla cura. Papà ottiene la procedura a domicilio, quando la terapia viene praticata solo nei centri specializzati, pochissimi in Italia. Invece mamma potrà rimanere a casa, vicina a noi, lei ha la possibilità di guarire senza andarsene, evviva!

Ha inizio così l'anno del sonno.

Mamma nella stanzetta di fronte alla nostra. Una stanza che diventa subito ospedale. Letto, scaffali di medicinali, flebo, flebo di ricambio, tubo. Ago nel braccio di mamma, non toccatele l'ago sennò si sposta. Medici che vanno e vengono, infermieri per lavarla, saponi, disinfettanti, non così addosso bambini. Finestrella tonda come un oblò, spicchio di cielo. Giorno, notte. Di nuovo giorno. Non è mamma a vederlo, lei non apre mai gli occhi, lo vediamo noi, accoccolati su di lei, piano bambini, fate piano.

Ecco perché si sono perse, mia madre e Fiorella. Quando mamma si è risvegliata troppe cose erano rimaste indietro e lei non ha trovato la forza di andarsele a riprendere. La vita di paese, noi, i divieti di papà. A papà non piacevano le sue amicizie. Gente dozzinale, commentava. Se la venivano a trovare, lui metteva il muso. L'estate prima che l'addormentasse, era venuta Fiorella. Puoi togliere i piedi dal divano? Le dice lui per poi allontanarsi infastidito. Mamma si scusa, quando fa così io... Non riesce neanche a finire la frase tanto è l'imbarazzo. Fiorella la tranquillizza: ha ragione lui.

Mia madre non invita più Fiorella. Non vuole vedere nessuno del passato, tranne Ambra e Giorgio, gli unici ben accolti da mio padre, che noi chiamiamo zia e zio. Tranne loro, mamma non frequenta più gli amici di Roma, non vuole metterli a disagio, perché papà li fa sentire sgraditi.

Gente che dà del tu a tutti, dice lui, romani, hippie, comunisti.

Tre sere dopo l'ultima visita di Fiorella al Pozzarello, il Professore è di ritorno da una cena Rotary. Al volante dell'Alfa Romeo, supera la curva dello Yacht Club e alza lo sguardo. Un automatismo, ogni volta che passa per quel tratto, ma anche per altri punti della baia (casa Orefice, casa Muscardin, casa Bernabei), lui alza lo sguardo a casa sua: da fuori ancora più grande – esiste uno spazio sottostante, duecentocinquanta metri quadri non ancora utilizzati –, i finestroni ad arco, di giorno il viola della bouganville e, a guardar bene, gli schizzi dei bambini che si tuffano in piscina. Chi passa sotto indica: la villa del Professore. Una casa maestosa da cui nei giorni più limpidi si arriva a vedere l'isola del Giglio da un lato, e casa Agnelli dall'altro. Una villa che domina l'intera zona, da Santo Stefano a Orbetello, la posizione migliore. Come quella del proprietario che quando si appoggia alla ringhiera del terrazzo e lascia andare lo sguardo, sente che quello è il regno, il suo regno.

Oltre la curva dunque il Professore alza gli occhi, e invece della grande ombra nell'oscurità, i contorni neri della villa, vede un bagliore. La casa avvolta nella luce, come un'astronave atterrata in un campo di grano, tutta luce, solo luce, che succede. Li ha lasciati che andavano a dormire, figli, moglie e suocera.

Sono arrivati. Il pensiero, dopo i primi istanti di smarrimento: sono arrivati.

Accelera, la mente lucida, deve rimanere calmo. Lui non ha paura. Sapeva dall'inizio che poteva succedere. La sua è stata una scelta consapevole con la quale si è fatto carico dei rischi. Potevano arrivare, sono arrivati. Le mani sul volante, mani forti. Avanti avanti, svolta a destra, dieci metri e ancora destra: via del Salice piangente, strada privata.

Non entra nel cancello, lascia la macchina più avanti. Torna indietro a piedi, non deve farsi sentire.

La casa è illuminata anche sul retro, i fari del giardino accesi. Silenzio: nessuna voce, nessun rumore.

Il Professore passa da fuori. Cauto eppure deciso. Luci anche qui, e dentro, attraverso le stecche delle persiane. Un avvertimento. E la famiglia? Il cuore prende a battere forte, potrebbero avergli sterminato la famiglia.

La piscina è un tripudio di luci, anche sott'acqua, quelle che loro non hanno mai acceso, di cui solo lui e Francesca conoscono gli interruttori: in fondo alla dispensa, dietro ai prosciutti.

E il portico, e il salone con le vetrate spalancate, un avvertimento, Professore, questo è un avvertimento.

Entra in casa dalla porta della cucina. Deserto, silenzio. Sale al piano di sopra, sapendo che da ogni angolo potrebbe spuntare qualcuno armato, se solo riuscisse a raggiungere camera sua, e prendere la pistola, deve arrivare fino a lì, ancora qualche metro, Professore, prima di ogni altra cosa, prima di cercare i tuoi familiari... Arriva in camera, apre il primo cassetto del comò, estrae la pistola da mutande e calzini. Toglie la sicura. E torna indietro. Armato, lui torna indietro ad affrontare la realtà, quella che sia. Adesso Lorenzo Ciabatti non prova niente. Dicono che sappia nascondere le emozioni, un uomo controllato, imperturbabile. In realtà lui non ha emozioni. Quando può dire di essere stato felice, o quando è stata l'ultima volta che ha pianto? Da bambino, l'ultima volta che ha pianto era bambino, ne è certo.

Per prima apre la porta dei figli. Distingue le piccole sagome nei letti. Immobili. Gli paiono così immobili. Si avvicina, lentissimo, avanza nel buio, sulla moquette celeste, inciampa in qualcosa, una testa... solo la testa di polistirolo con parrucca, la scalcia. E avanza piano, rallenta, quasi a voler ritardare la scoperta, perché ora, soltanto ora, sente che quella cosa, solo quella, potrebbe destabilizzarlo, capisce di colpo, distruggerlo, quando ha sempre creduto che niente avrebbe potuto toccarlo: nessun abbandono, nessuna morte.

Si ferma davanti al letto della femmina: ha gli occhi chiusi. Vorrebbe scuoterla, svegliarla o resuscitarla. Invece si abbassa a sentire se respira. Respira.

Va dal maschio, anche lui inerte con gli occhi chiusi. Anche su di lui il Professore si china. Respira. I bambini respirano, i petti si alzano e abbassano. E il Professore sente qualcosa mai sentita prima, una specie di gioia, come se i figli nascessero in questo momento preciso. Non sei anni prima, non all'ospedale di Orbetello con medici e infermieri fuori dalla sala parto, non nel momento in cui glieli hanno messi tra le braccia, piccolissimi, raggrinziti, e lui non sapeva bene come tenerli, tanto da riconsegnarli quasi subito in altre braccia, della madre, dell'équipe. Non nascevano allora, ma adesso.

Per seconda apre la porta della moglie, lo stato d'animo diverso, meno atterrito. Come se con noi, i figli, l'indispensabile fosse salvo. Attraversa la stanza buia. Vede la sagoma nel letto, girata su un fianco. Distingue i contorni, si accorge che è nuda. Lei dorme così. Dunque dorme. Il Professore sta per uscire, quando uno scrupolo lo blocca. Si avvicina al letto. Si abbassa sul suo viso, sulla sua bocca, quasi volesse baciarla – da quanto non la bacia? – e sente il respiro. Sua moglie respira.

Alla suocera neanche pensa. Chiude la porta della stanza della moglie, sollevato, seppur pieno di dubbi – è davvero entrato qualcuno? ha acceso le luci mentre noi dormivamo? – s'avvia nel corridoio, scende le scale – come hanno trovato le luci della piscina? – e allora capisce.

Maledetta stronza.

Vorrebbe tornare indietro, svegliarla, riempirla d'insulti, imbecille scriteriata pazza, sta per farlo, ora va, cagna, torna indietro e la prende a ceffoni.

Invece si ferma. Non fa niente, non risale le scale, non riapre la porta, lascia mamma dormire. Nuda nel suo letto, ribelle, psicopatica, puttana.

Il Professore ripercorre la strada al contrario, corridoio, ingresso, scale, salone. Spegne le luci una a una. Anche quelle della piscina: in fondo alla dispensa, dietro ai prosciutti. La villa si oscura, e a chi guarda dalla strada sembra una festa che finisce. Invece è di più, molto di più. È un matrimonio, una famiglia.

3

Ha inizio così la guerra fredda tra mio padre e mia madre.

Sgarbi, affronti, colpi bassi. Poche parole. Anzi nessuna, solo gesti che significano di per sé, senza spiegazioni.

A volte gli scontri durano pochi giorni, altre mesi. Noi siamo confusi, non interpretiamo gli sguardi, neanche le assenze. Gianni è ipercinetico: inciampa, cade, si sbuccia il ginocchio, si rompe tre volte un braccio, due una gamba, corre troppo veloce, salta dalle scale, cade e sbatte la testa, si arrampica sul tetto. A nove anni rischia di annegare tuffandosi da una barca. Risento le urla: il bambino!

Eppure ricordo anche i momenti di pace, perché c'erano, ci sono stati. Io ricordo i momenti in cui eravamo una famiglia felice. La domenica a messa (perché, papi, non vieni mai? Prego da solo. Allora pure io! A pedate vi mando in chiesa!), e pranzo al Cantuccio. Noi quattro: papà, mamma, io e Gianni. E sì, siamo una famiglia. Il giorno prima mamma è andata dal parrucchiere. Si è fatta i capelli rossi, non saranno troppo rossi? Chiede papà. Sono bellissimi, m'intrometto io. Mi agito sulla sedia, sono elettrica. Sensazione a cui solo oggi do il nome di emozione, allora mi sembrava frenesia, impossibilità di stare ferma, devo muovermi, ballare, ho bisogno di fare pipì, me la sto facendo sotto. Poi m'ingozzo, antipasto primo secondo dolce, papà si lamenta che mangio troppo, devo stare più attenta, dice a mamma, lei risponde: dovrebbe fare nuoto.

Siamo una famiglia. Ci volevamo bene, se chiudo gli occhi siamo

ancora noi, seduti al tavolo del ristorante, papà che dà una schic-
chera alla pallina di pane, la pallina che mi colpisce sulla fronte,
eh però, protesto io, non iniziare, interviene mamma, Gianni che
mi tira una fetta di pane in piena faccia, papà che borbotta cretino.

Alcune domeniche andiamo da zio Umberto e zia Giordana. Giulio, Laura e Riccardo sono i nostri cugini preferiti. Tutti insieme,
noi, siamo i Ciabatti, così ci sentiamo, un cerchio privilegiato – i
Ciabatti, i Ciabatti, i Ciabatti –, gli altri fuori.
  Zia Giordana da giovane era uguale a Claudia Cardinale, raccontano, la ragazza più bella di Grosseto. Io m'incanto a guardarla, capelli e occhi neri, zigomi alti, a cercare Claudia Cardinale, che
non trovo, dov'è? Col matrimonio lei ha smesso di essere ragazza.
Tre figli, si è dedicata a loro, e alla cucina. Anche la sua postura,
le spalle curve, la testa china dicono: sono una donna di casa. Elegante, curata, capelli sotto l'orecchio, vestiti accollati, gonne al ginocchio, lei ha deciso di essere la moglie di Umberto Ciabatti, un
ruolo in Maremma – moglie di un Ciabatti –, finanche una respon-
sabilità, quella che mia madre non ha mai onorato, dal Fiorino ai
jeans, lei è stata sempre ribelle. La moglie pazza del Professore, certo che il Professore avrebbe potuto sposare meglio...
  Con Laura, Giulio e Riccardo ventenni, io volteggio in tutù davanti a zia: da grande voglio fare la ballerina. Lei batte le mani: la
più brava! Sarò ballerina, avvocato, ministro. Oh, Teresa, tu puoi
essere quel che vuoi. Lasciatela in pace, si rivolge a chi mi attacca
quando alla zuppa inglese io dico ancora, e papà protesta: basta, a
otto anni già sovrappeso, e zia s'impunta: lasciatela in pace, questa bimbina deve crescere.
  Devo crescere, sì. Diventare ballerina, magistrato, presidente della Repubblica. E loro non capiscono. Solo zia capisce, struscio la
guancia sul suo collo, e allora finalmente la trovo, Claudia Cardinale, che buon profumo.
  Le domeniche a Grosseto io mi sento parte di qualcosa di grande.
I discorsi degli adulti, la conta degli immobili aumentano l'orgo-

glio di essere Ciabatti, una Ciabatti: via Bertani, via Mazzini – tutto questo è nostro – via Matteotti, via Gioberti – mio – piazza Garibaldi, via Nenni, via Gramsci – la città intera, abbiamo anche un grattacielo. Ecco, questo senso di appartenenza e di proprietà che mi fa sentire al sicuro, non sarò mai povera, né sola, e che mi spinge a guardare mamma con commiserazione, lei che non è nata Ciabatti.

Laura scatta in piedi: può portarmi a fare una giratina in macchina, ti prego, zio Renzo. Ti prego ti prego. E va bene. Io stringo la mano di mia cugina, la mia bellissima cugina grande, che ha la patente, che il prossimo anno inizia l'università, io le stringo forte la mano sulle scale del palazzo, e per strada.

Venti minuti dopo siamo di nuovo a casa, con Laura che si scusa: forse ha frenato troppo bruscamente. Ti giuro, zio, che non volevo, dice piena di rammarico. Poi si sposta: dietro io, pallida, col vestitino pieno di vomito.

Macché, la rassicura mamma, faccio sempre così, anche quando andiamo a Santo Stefano, questa bambina soffre ogni mezzo di trasporto, crescendo le passerà (non passa).

Mamma mi lava, e mi mette un vestito pulito di Laura. Guardandomi allo specchio io non vedo un fantasma con un vestito troppo grande per me, no. Vedo una ragazza bellissima, una donna che guida e che tra poco andrà all'università, una Ciabatti. Mai ridarò il vestito a mia cugina. Quel vestito blu rimarrà per sempre nel mio armadio fin quando mi andrà perfetto, e anche dopo, quando mi andrà stretto, strettissimo, e non mi starà più, il vestito rimane lì.

A pomeriggio inoltrato, quando fuori è già sera e la città si svuota (papà, cos'è quella luce? Il campo sportivo. Costì gioca il Forzasauro, dice zio Umberto guardando inorgoglito laggiù), quelle domeniche salutiamo gli zii buoni per scendere al piano di sotto, inutili le proteste: ti aspettiamo qui, papi, possiamo non venire?

Invece no, ogni volta, ogni santissima volta, noi dobbiamo scendere.

In ascensore stiamo stretti. Io appoggio la testa sulla schiena di mamma e chiudo gli occhi, fai che non c'è, prego dentro di me. Fai che non è in casa, e noi possiamo andarcene. L'ascensore si ferma al secondo piano. Papà esce per primo. Noi dietro. Nessuno parla. Fai che non c'è, continuo a pregare sul pianerottolo, fai che non c'è, mi ripeto nei secondi che passano da papà che suona il campanello alla porta che si apre, e compare zia Malvina. Sorrisi, abbracci. Lui c'è? Chiede papà. C'è.

Preghiera non esaudita.

Benvenuti in casa Ciabatti Dante.

Salutate zio, ci spinge mamma verso di lui. Nella penombra potrebbe sembrare papà. Stessa corporatura, stessa altezza – Umberto invece è più alto – stessi lineamenti. Allora, bambina, chiudi gli occhi e fai finta che sia papà. Un passo, due... perché lui rimane fermo, mentre zia Malvina e i cugini ci baciano, zio Dante resta tra ingresso e corridoio. Serio. Non ricordo di averlo mai visto sorridere. Figuriamoci ridere. Ogni volta che il suo sguardo cadeva su di me pensavo che non sapesse chi fossi, lui non sa chi sono, mi dico anche oggi, quando gli tendo la mano e mormoro: ciao zio.

Lui la stringe, buonasera. No, non sa chi sono, non sa che sono sua nipote, la nipote più piccola, insieme a Gianni, va bene, ma le femmine sono più fragili, e quindi sono io la nipote più indifesa, zio Dante, abbracciami.

Dalle le caramelle, lo sollecita Malvina per creare un contatto. Lui mette una mano in tasca, tira fuori tre caramelle alla menta che tiene nel palmo aperto, prendete dice il gesto, come scimmiette allo zoo. Noi le prendiamo, e torniamo da mamma e papà.

Non ha familiarità coi bambini, spiega mamma, come papà, ma di più.

Per i Ciabatti i bambini non esistono, mai un abbraccio, o una carezza, nemmeno una mano sulla spalla. Non ricordo contatto fisico con mio padre, tranne dei pizzichi. Davanti alla televisione io e lui, lui su una poltrona, io sull'altra. Fissando lo schermo, lui mi tortura la mano che penzola dal bracciolo. Piccoli pizzichi che vorrebbero essere carezze. A quel punto però è tardi, io ho sedici anni, la distanza fisica vissuta nell'infanzia è dentro di me, e ritraggo la mano.

Le caramelle sono l'unico rapporto che noi abbiamo con zio Dante. Subito dopo lui e papà ci voltano le spalle – dio come sono uguali da dietro, la stessa piazzola calva tra i radi capelli – e con incedere sicuro percorrono il corridoio, aprono la porta dello studio, e spariscono.

Come vi siete fatti grandi, riprende ad abbracciarci zia Malvina. Andiamo in cucina, parliamo sottovoce per non disturbare gli uomini. Io non fiato, l'orecchio teso a ogni rumore, se loro tornano indietro...

Venite a salutare nonna Palmina, si alza dopo un po' zia Malvina, e noi la seguiamo. Riluttanti, primo perché non è nostra nonna, solo la madre di Malvina. Secondo perché i bambini dovrebbero stare lontani dalle malattie e quindi anche dalla vecchiaia, non so come faccia mamma, mi chiedo, che si siede sul letto – oh, Palmina cara – e la stringe, non so come non provi ribrezzo – Palmina bella –, o paura a tenere quel corpo che non oppone resistenza – Palmina dolce.

Io rimango sulla porta, Gianni più indietro. Nonna Palmina non parla, non riconosce nessuno, guarda solo davanti a sé. E noi, che non vogliamo essere visti, restiamo in disparte a contare i minuti che ci separano dal congedo, a trattenere il fiato per non respirare morte, fino alla voce di papà: andiamo, ragazzi.

Come sta? Chiede mamma in macchina.

Tranquillo, risponde papà.

Certo però, dice lei senza finire la frase. Si tiene per sé che Dante è un cretino, troppe volte l'ha detto, mai si è risparmiata di comunicare il suo pensiero sul cognato. Io dico, come ti viene in mente, il golpe...

Che intenzioni ha adesso?

Nulla.

Non può riprendere a lavorare?

Ancora no.

E che fa?

Passeggia. Passeggia molto, risponde papà.

Dunque momenti di serenità familiare si alternano alla guerra fredda.

Nel 1980 Francesca Fabiani compra la macchina nuova. Deve essere grande per portare i bambini a Roma, sarà pur lecito che frequentiamo i suoi di parenti, o dobbiamo vedere solo quelli di papà, eh? La compra a Grosseto, da Brunero che chiama il Professore: s'è incaponita, non c'è stato verso, Brunero ha anche provato a convincerla: un'auto adeguata alla moglie del Professore, niente...

Eccola arrivare con la macchina nuova e chiamare la famiglia a raccolta, correte correte.

Ha comprato un Fiorino. Come quello dei macellai, come quello degli elettricisti. La moglie del Professore guida un Fiorino bianco. E lui si vergogna: codesta macchina...

Lei controbatte: distesi non vomitano. Sul retro sistema tappetino di gommapiuma e pupazzi. Papà protesta: come i cani. E lei: giocano. Sull'autostrada, le macchine dietro vedono quattro piedi appoggiati al vetro del Fiorino. Noi amiamo stare coi piedi all'insù, non vediamo Orbetello allontanarsi, le mura, i bastioni, la scuola elementare, le case popolari della 167, il cimitero, non vediamo l'autostrada scorrere, né Roma avvicinarsi. È forse questa l'immagine perfetta della nostra infanzia, noi in mezzo ai giocattoli, distesi sulla gommapiuma, senza vedere. Finché ci ritroviamo direttamente sotto casa di zia Stefania: forza bambini, scendete. E scendiamo veloci. Come cani.

Il Fiorino è un affronto. Lo sa papà, lo sa mamma che insiste sulla comodità, quanto le è utile anche per trasportare le cose da un posto a un altro. D'estate, Orbetello-Pozzarello.

Papà non ribatte.

La guerra continua.

Lui non la porta a Casablanca, al convegno internazionale della Serono. Lei per dieci giorni non pulisce la piscina, che al suo ritorno è piena di foglie.

Lui non le regala niente per il compleanno, lei non va alla cena Rotary dove lui viene eletto presidente e rifiuta l'incarico (il primo nella storia del Rotary Orbetello - Monte Argentario a rifiutare l'incarico, gesto nobile, il Professore è un uomo semplice, un santo...).

Lui non la porta a Los Angeles, 1984, Olimpiadi, dove è invitato come ospite, tutto spesato dalla Federazione, grazie a Claudio, che persona gentile Claudio, amico fidato.

Al ritorno quanti regali però. Regali per la moglie e per i bambini. Un foulard per mamma. Il galeone Playmobil per Gianni, e la bambola per me. Zitti, dico, zitti sono costretta a ripetere perché in cucina c'è una gran confusione. Zitti, urlo. Poi schiaccio il pancino della bambola. Mamma mamma, parla quella. E noi ridiamo.

4

Se avesse dovuto individuare il momento preciso della fine, l'inizio della caduta – sentimentale ed economica – mia madre non avrebbe avuto dubbi: l'arrivo nella nostra vita di Claudio Boero. Un metro e novanta, occhiali da vista dalla montatura quadrata, fisico asciutto, Boero dimostra meno dei suoi cinquantadue anni. Cordiale, educato, saluta le signore col baciamano. Originario di Torino, nonostante viva a Roma da trent'anni, non ha perso l'accento misurato che contribuisce a dargli l'aria dell'uomo mansueto. Tanto che persino nonna, sospettosa in generale degli amici di papà, e ancor più delle donne di servizio, su Boero commenta: che uomo garbato.

A tutti sembra un nuovo inizio, quel signore tanto distinto farà bene a papà. Lasciandomi andare sul divano, io annuncio: voglio diventare la migliore amica della figlia di Boero. La mia è invasione, controllo, il tuo mondo che diventa il mio.

Voglio uscire con lei, conoscere i suoi amici, presentarle i miei, continuo sempre sul divano. È una ragazza strana, mi mette in guardia papà, si veste sempre di nero.

Claudio Boero viene presentato a papà da Mario e Lidia Pagliai, amici di vecchia data, lui grossetano, lei fiorentina. La figlia Sofia è fidanzata col figlio di Boero. Presto si sposeranno. Oh, Renzo, non sai il sollievo che Sofia abbia conosciuto un ragazzo perbene, di famiglia come noi, sospira Lidia, una mano sul cuore. Dove *come noi* vuole significare alto borghesi, inseriti in un certo tessuto sociale, proprietari di immobili, come la villa ad Ansedonia – niente a che vedere con la tua, Renzo, comunque centosettanta metri quadri più piscina a fagiolo in condivisione coi vicini. Quanto varrà? S'interroga Lidia. Un miliardino, risponde Mario. E lei si stende al sole beata, intravedendo nel bagliore della luce il futuro della figlia. E dunque arriva il giorno in cui Mario e Lidia Pagliai portano a cena da noi Claudio Boero e moglie.

C'è anche Erica? Domando io che sono stata informata dell'esistenza di una figlia quasi della mia età.

No.

Io voglio Erica Boero.

Quanto è appariscente Lidia Pagliai, tanto è semplice Ottavia Boero: alta, magra, collo lungo, capelli corti, niente trucco, niente gioielli. Atletica come il marito. Ogni mattina alle sette, raccontano i Boero, loro scendono in spiaggia, camminano fino alla Feniglia, dodici tredici chilometri, e indietro. Si mantengono in forma così, senza sforzi eccessivi, una semplice passeggiata, aria di mare. Dovresti muoverti anche tu, dice mamma a papà.

Vado in bicicletta, replica lui.

Renzo ha un problema vascolare, rivela mamma ai presenti.

Nessun problema, ribatte mio padre.

Quando lei fa così, lui la odia. Del resto mia madre lo fa con tutti, anche con me, rivela in pubblico i nostri problemi più intimi, ci mette a nudo – Teresa ha ripreso i nove chili che aveva perso – ci rende ridicoli, e le volte che succede io mi alzo da tavola, dal divano, da ogni luogo dove sono abbandonata (stai sempre distesa, un sacco morto!), e fuggo rabbiosa: vaffanculo.

Perché Erica non è venuta? Mi lamento con Boero. Te la porto la prossima volta, promette lui.

Ci sono gli sposini, s'intromette Lidia allargando le braccia in un movimento che fa tintinnare i mille bracciali ai polsi, non sei felice di vedere gli sposi?

Sofia e Massimo alle sue spalle sorridono. Massimo è alto esattamente quanto il padre, fisico atletico. Da lontano si confondono, paiono fratelli, di più: gemelli. Coordinati persino nei movimenti, stessa camminata, stesso modo di dondolare le braccia. In apparenza stesso carattere: mite, remissivo, pacifico. Nella realtà Boero padre non è come appare. Cosa che noi scopriremo molto dopo. In questa sera di agosto, invece, di fronte alle grandi finestre ad arco sul mare – guarda quelle luci laggiù... Orbetello, sempre Orbetello – noi incontriamo un uomo buono, un signore che non risparmia complimenti: che bei bambini, e che casa, la villa più bella dell'Argentario, Professore!

Ma no, si schermisce papà.

Prima della casa, prima dei bambini, Boero ha però notato altro: l'anello. Quello che per noi continua a essere l'anello dell'università americana, e col tempo, nell'adolescenza, l'anello pacchiano, non è che puoi togliertelo, sembri un viterbese, papi. Ecco, quell'anello che per noi è prima curiosità, poi ammirazione, infine vergogna, per certi adulti è un segno. Segno di cosa? *Esistono i gradi ufficiali, Gran Maestro il più alto, e i gradi occulti, del disvelamento, se arrivi lì sei depositario dei segreti.*

L'anello contribuisce ad accelerare i tempi della conoscenza tra Boero e mio padre, spinge Boero a raccontare del suo lavoro, finanza, e del suo ruolo pubblico: presidente Pentathlon. Conosce il Pentathlon, Professore? Cinque discipline, atleti, vittorie, medaglie d'oro, se un giorno viene al Coni, le faccio vedere, sarebbe un onore per me mostrarle le strutture.

A mio padre passa per la testa l'idea di estendere il potere laggiù, allo sport, altro che il Forzasauro di Umberto.

Per tutti noi Claudio Boero rappresenta qualcosa di diverso. Non il solito amico di papà, il solito omone burbero che ci mette soggezione. Boero ha regali per noi bambini, tratta bene mamma, quella sera si alza da tavola per portare i piatti sporchi in cucina, nonostante mamma dica: Claudio, ti prego, nonostante le reazioni di tutti, Claudio, che ti metti a fare, lui si alza ugualmente. Nella nostra infanzia mai nessun uomo ha aiutato, mai nessun uomo è entrato in cucina, mai nessun maschio alfa si è alzato da tavola per sparecchiare.

Chissà che anche papà non diventi così un giorno, è il nostro pensiero comune, mentre osserviamo ammirati Boero sparire in cucina. Chissà che anche papà non diventi gentile e moderno, non più quello che alla mia domanda se può sciacquare le posate, risponde non posso. Perché? Perché sono un uomo.

L'amicizia tra papà e Boero si rafforza di anno in anno, telefonate, regali, cene. Capita che Boero, nonostante gli impegni, scenda all'Argentario a salutare il Professore. Gli parla dei suoi affari, chiede consiglio, talvolta invoca la sua intermediazione presso il tal politico, perché il Professore conosce tutti, e gode di massimo rispetto. Se il Professore alza il telefono, Roma risponde.

E inviti. 4-9 ottobre 1982, Roma, XXVI CAMPIONATO DEL MONDO – PENTATHLON MODERNO, tribuna d'onore, da un lato Giovanni Spadolini, presidente del Consiglio, nonché amico di gioventù di mio padre, dall'altro Emilio Colombo, ministro degli Esteri.

Renzo, attacca Spadolini, c'è questo dottore a Bressanone, ti prende e ti fa dimagrire dieci venti chili...

Ma è a Los Angeles, durante le Olimpiadi del 1984, che Boero convince Lorenzo Ciabatti a entrare in affari con lui, a investire due miliardi di lire (come scopro oggi dalle carte ritrovate), e soprattutto a muoversi al di fuori del circuito della massoneria Toscana, termine generico con cui ancora non so bene cosa s'intenda: le mie ricerche si fermano ogni volta qui, alle soglie della massoneria Toscana – una specie di Rotary allargato? Il Grande Oriente d'Italia legato al Regno Unito? La P2?

All'inizio papà dice che alle Olimpiadi porta anche noi.

Si parte, si torna in America, all'Hotel Ambassador (qui hanno ucciso Kennedy, Bob Kennedy. Lo conoscevi, papi?), si torna a

Disneyland, oh Disneyland (Disneyland con me che vado incontro a Minnie, Minnie in carne e ossa, che l'abbraccio stretta stretta, che scoppio a piangere tra le braccia di Minnie, la testolina sul petto di peluche, oh Minnie, Minnie).

Poi però papà distrugge il sogno: non sono previsti accompagnatori, lui è spesato dalla Federazione, portarci sarebbe complicato, e non potremmo assistere alle gare.

Mio padre è stato invitato alle Olimpiadi come ospite d'onore, mi vanto sulla spiaggia. Non ascoltatela, sento che mi blatera dietro mamma. A casa mi ribello: mio padre è alle Olimpiadi e io ho il diritto di dirlo. Non è ospite d'onore, ribatte lei, è uno dei tanti. La fisso con odio: lui non è uno dei tanti.

Seguiamo le gare alla televisione con la speranza di vederlo inquadrato, è lui! Scatta in piedi Gianni. È lui, è lui, ogni volta con gli occhi pieni di emozione. Ogni volta non è. Non lo è mai. Dov'è, dove sei? Fino alla gara finale, quando corrono i cento metri e vince Masala, medaglia d'oro, e gli italiani sugli spalti si alzano in piedi, e quello di spalle, giacca blu, schiena curva, è lui, stavolta è lui, e noi ci avviciniamo al televisore e allunghiamo le mani, quasi a poterlo toccare... Lo vedi che è lui, oh papi, saltiamo, ci abbracciamo, mentre al di là dello schermo si abbracciano per la vittoria dell'Italia, al di qua noi ci abbracciamo per papà, c'è papà in televisione, guardalo, è proprio lui... o qualcuno di identico.

A Fiumicino andiamo a prenderlo io, mamma e zia Ambra. L'idea è di zia: grande mazzo di fiori con fiocco dell'Italia. Pensa le facce della gente, tutti a chiedersi chi sia quello sconosciuto grassoccio. Papà non è grassoccio, reagisco io.

Dagli i fiori e torna indietro, si raccomanda zia Ambra, devi sembrare un'hostess. Per svolgere il compito mi sono messa un vestitino bianco. Capelli sciolti. Mi vedo: io bellissima che ti vengo incontro, papà.

Dentro all'aeroporto però, tra la folla in attesa degli atleti, striscioni e bandiere, mi sento solo una ragazzina di Orbetello, e no, non ce la faccio a passare le transenne, a camminare sul tappeto rosso (nei miei ricordi c'era un tappeto rosso, ma potrei averlo aggiunto nel tempo). Do il mazzo a mamma. Ah no no, si tira indietro lei. Intanto cominciano a uscire gli atleti in tuta, applausi. Poi le autorità in giacca e cravatta, il Presidente, applausi, e infine il campione, il vincitore, Masala, boato di applausi, urla, lacrime, e mio padre.

È lei che supera le transenne, è lei che con passo sicuro va incontro alla squadra. Alta, bionda, fasciata in un vestito azzurro Ferretti (amico personale – mi racconta sdraiata sul letto della camera degli ospiti – certi modelli li fa apposta per me), zia Ambra, sotto gli occhi della gente, si avvicina a papà, lo bacia sulle guance e gli consegna i fiori. Lui sibila: cretina. Prende il mazzo e composto raggiunge la famiglia.

Questa mamma in jeans, questa specie di hippie, e questa ragazzina di Orbetello col vestitino bianco.

Solo noi, niente di speciale.

A casa i regali. Un foulard per mamma. Il galeone Playmobil per Gianni, e la bambola per me. Zitti, dico, zitti sono costretta a ripetere perché in quella cucina c'è una gran confusione, zia Ambra che ancora racconta lo scherzo. Zitti, urlo. Poi schiaccio il pancino della bambola. Mamma mamma, parla quella. E noi ridiamo.

5

Il 14 dicembre 1984, nell'atrio dell'ospedale mia madre urla è morto, tanto lo so che è morto. Inutili le rassicurazioni dei medici. Voi non mi dite la verità, si agita lei, ditemi la verità. Venga, dottoressa, la prende sottobraccio Brama. Nel corridoio corteo di medici, infermieri, e noi. L'ospedale si è fermato. I malati si affacciano dalle corsie, qualcuno bisbiglia il Professore.

La notizia a noi non è arrivata subito. Sera, casa: io e mio fratello davanti alla tv. Squilla il telefono, scatto in piedi e mi precipito a rispondere, voglio rispondere sempre io e sapere chi cerca papà, anche a quelli che non si presentano e dicono solo: posso parlare col Professore? A quelli io chiedo: chi parla? Ebbene alzo la cornetta. Marrucci che vuole mamma. Arriva mamma. La sento dire: è morto? Attacca, torna da noi, ci dice che papà si è sentito male.

Aspettatemi qui. Noi ci rifiutiamo, lei insiste, dovete rimanere a casa, e invece no, noi veniamo con te, c'impuntiamo, e siccome non c'è tempo di discutere, lei deve correre, chi c'è c'è. Anche due ragazzini. Una dei due che non ha mai immaginato che qualcuno intorno a lei potesse morire, mio fratello non so. A dodici anni per me la morte non esiste. In realtà sono a un passo da lei e non lo so. A un passo dal tempo in cui un incidente, una malattia, un gesto volontario faranno sparire le persone che amo, a un passo dal tempo in cui dovrò accettare che mamma, papà troppo giovane, nonne, zii, e persino il criceto della mia infanzia non sono immortali, io, Teresa Ciabatti, sono a un centimetro dal tempo in cui inizio un discorso coi miei morti: ti prego, papà, torna. E poi nonna, e poi mamma.

Ancora sei anni prima che io, una mattina di agosto, saltelli giù per le scale di una casa sulla spiaggia che qualcuno ci ha prestato, e percorra il corridoio del piano terra fino all'ultima porta, la stanza dove dorme papà. E bussi, è tardi, le dieci, e ribussi, decidendo infine di entrare, certa che lui sia già in piedi, e invece è nudo, completamente nudo sul letto. Sei anni prima che io richiuda la porta senza dire niente, non voglio svegliarlo: so che, dopo, i nostri rapporti non sarebbero gli stessi, aleggerebbe imbarazzo, e diffidenza, lui non deve sapere che l'ho visto nudo, risalgo al piano di sopra a chiamare mio fratello, lo svegliasse lui papà. Ancora sei anni prima che io aspetti in salone, e senta una specie di lamento, Gianni che torna da me, e balbetta che è successo qualcosa, senza volermelo dire direttamente, cosa cosa? Piango io che in fondo già so, so che quella cosa nuda e immobile è la morte, ma non ho avuto il coraggio di dirmelo, non ho avuto l'animo di scoprirlo da sola, e toccare mio padre, e sentire il corpo freddo, e piangere, urlare, scuotendolo per riportarlo in vita. Voglio vederlo, dico con mio fratello che diventa fortissimo e, tenendomi per le braccia, ordina tu stai ferma qui. Devono passare ancora sei lunghissimi anni prima che la gente dica l'ha trovato il figlio, è morto durante la notte. Infarto. La morte dei giusti.

Adesso siamo sei anni prima, e lui è ancora vivo.

Il corteo si ferma di fronte alla stanza numero uno. Fanno entrare solo mamma.

Io aspetto urla, pianti, e voci che si sovrappongono. Mi aspetto una delle sue sceneggiate, come le chiama papà. Lei è tragica. Fuori dalla stanza sono in attesa degli strepiti di mia madre.

Niente di tutto questo. Al di qua della porta arriva solo un pacato mormorio. Lei non piange, di fronte al marito sul letto, così fragile e inerme, gli mette un terzo cuscino sotto la testa, deve stare alto. Qui e adesso decide lei.

Mentre io, appena mi fanno entrare, tremo: papà attaccato a fili che non so cosa siano, oh papi, piango disperata. Papà non è forte, papà non ci protegge, papà non fa più paura, e noi rimpiccioliamo insieme a lui. Solo noi figli. Mamma no. Guardandola di sguincio mi sembra più alta. Guardala con quale sicurezza va al comodino, versa l'acqua nel bicchiere, hai bisogno di bere Renzo, e gli porta il bicchiere alla bocca. Sa quello che fa, lei, la moglie, ha preso la situazione in mano.

Mio padre ha avuto un infarto.

Il problema vascolare gli ha occluso l'arteria del cuore. Da anni i medici consultati danno lo stesso responso: operazione. Lui rimanda. Si opera in Svizzera dal professor Aymon, decide. Il mese prossimo, l'anno prossimo... e alla fine eccolo qui.

Ti senti immortale, scuote la testa mamma. Così immortale che lo spavento non gli è bastato. Si tira su, prendimi i vestiti, vuole tornare a casa. Tu non ti muovi, lo blocca mamma. Vedo la sua mano che lo spinge indietro. Lui cede, non fa resistenza, cede alla mano della moglie, e si abbandona sul letto. Adesso e qui decide lei. Allora di nuovo, con la luce della finestra che la illumina alle spalle, mi pare davvero più alta, non è illusione ottica, mia madre è altissima, giuro. Gli occhi scuri luminosi, la carnagione olivastra, i capelli legati in una coda, se li è fatti crescere, me ne accorgo solo ora, mamma ha i capelli quasi lunghi.

Lorenzo Ciabatti rimane in ospedale per sei giorni.

Sei giorni di visite di luminari da Roma, Milano, e il professor Aymon da Berna. Sei giorni di omaggi, anche se non tutti possono entrare, il Professore ha bisogno di riposo, ferma la gente Nino all'ingresso.

Entrano zio Umberto e zio Dante. Zio Umberto mi abbraccia, mi chiede se voglio andare da loro a Grosseto. Ringrazio, ma voglio stare vicino a papà. Zio Dante lo incontro nel corridoio. Io arrivo, lui va via. Mi passa di fianco posando distrattamente gli occhi su di me, non mi riconosce. Rallento, vorrei dirgli sono tua nipote, la tua nipote più piccola, invece abbasso lo sguardo e proseguo.

Entrano gli amici importanti di papà. Uomini in giacca e cravatta che arrivano in macchine scure con autista.

Mia madre di fianco al letto, o fuori dalla porta, comunque presente. Gli amici di papà la salutano, strette di mano, poche parole. Nella loro gerarchia lei non conta niente. Donne e bambini sono satelliti. Non per Boero. Claudio Boero è l'unico che dia importanza a Francesca Fabiani. Lui che in ospedale, prima di andare dal Professore, prima di parlare coi medici, cerca mia madre, e le prende le mani, oh Francesca. Lei che allora scoppia a piangere. In quattro giorni è la prima volta che piange, si lascia andare tra le braccia dell'uomo di cui si fida, l'unico che tenga veramente a papà quanto lei, quanto noi, l'uomo forte che non permetterà che papà muoia, vero Claudio? Te lo prometto, l'abbraccia Boero. Deve smettere di fumare, blatera lei tra le lacrime. Ci penso io, la rassicura Boero.

Pochi giorni dopo torna a Orbetello con il dottor Padula, neurologo, esperto in terapie contro il fumo. Padula mette un magnete sul padiglione dell'orecchio destro di papà. Metodo rivoluzionario, assicura, in due settimane passa la voglia di fumare.

Mamma ringrazia Boero, quanto si sente protetta.

Mi sembro un frocio, protesta papà toccandosi il magnete. Mamma ride.

La mattina gli fa la barba. Lentamente, attenta a non ferirlo. Gli taglia le unghie di mani e piedi. Lo pettina. Anche alla pulizia personale vuole pensare lei, vieta agli infermieri di toccarlo, sa che lui si sentirebbe umiliato a mostrarsi nudo all'équipe. I primi giorni gli passa una pezza bagnata sul corpo. I giorni successivi, quando può alzarsi, lo porta in bagno, lo mette sotto la doccia e lo lava. Così per il pappagallo. Della pipì e della cacca del Professore se ne occupa lei.

Alla quinta notte i medici le dicono di andare a casa. Lei si rifiuta, non lascia il marito. Da quanto non vedevo mamma così. Allegra. E forte. Che bello stare con loro, tutti insieme. Dopo scuola mi precipito in ospedale. A volte dimentico di mangiare. Rimango l'intero pomeriggio, distesa sul letto, quello vuoto, cambio canale (per il Professore hanno portato un televisore!), scendo al bar, risalgo, chiedo a Vincenzo Salvini del gatto, ha trovato un gattino di pochi giorni, minuscolo, rientro in camera di papà, mai passato così tanto tempo con lui, racconto di scuola, prendo il telecomando e cambio canale, fammi vedere il telegiornale, perdio, protesta lui. Arriva Gianni da tennis, racchetta in mano, ha vinto, vince sempre, capirai, commento, pure io a danza sono sempre la prima. Gianni si butta sulla poltrona, vuoi un succo di frutta, chiede mamma aprendo il minifrigo (per il Professore hanno portato un minifrigo da barca!), io mi tolgo le scarpe, ora però guardiamo "Ok il prezzo è giusto", incrocio le gambe sul letto, sai che sarebbe bellissimo rimanere per sempre qui, in questa stanza, nel nostro ospedale. Sai che potrebbe durare all'infinito, papà?

Dottoressa, vada a casa, tornano a insistere i medici.

Sulla porta fa capolino Vincenzo: dottoressa, resto io, lei vada.

Vincenzo, squittisco io, digli del gatto, e rivolgendomi ai miei: gli dà il latte col biberon!

Mamma dorme nel letto di fianco a quello di papà. La loro è una camera doppia, l'unica dell'ospedale. Lei si appisola, poi si risveglia. Lui dorme. Russa. Se smette di russare, lei si alza per andare a controllare che sia vivo. Veglia su di lui. Una notte va al suo letto, e lui su un fianco, senza neanche girarsi, senza neanche guardarla in faccia, le prende la mano. Rimangono mano nella mano per un tempo lunghissimo, racconterà lei negli anni a venire, dopo e molto dopo ancora, nella ricostruzione di un marito che l'amava. Burbero, introverso, incapace di mostrare sentimento, traditore, ma l'amava, sì che l'amava.

Certo che quella notte in ospedale, la quinta o la sesta, lei vede la porta aprirsi. Certo che vede la figura femminile stagliarsi nella luce del corridoio. Certo che la riconosce, la proprietaria del negozio di abbigliamento. Ebbene, di fronte a quella donna venuta a trovare nottetempo l'amante, mia madre non si muòve, gli occhi semichiusi come se dormisse. Aspetta che l'altra la veda, che si accorga che il Professore non è solo. Ci sono io, povera illusa, dice dentro di sé, guardami bene, sulla destra di mio marito, no, tra noi non è finita, non è come ti ha detto lui, gli uomini sono così, povera povera ingenua, gli uomini non lasciano le mogli. Rabbia che diventa perdono che diventa trionfo: richiudi la porta e vattene, personaggio secondario. Gli uomini non abbandonano la famiglia, pensa mamma ferma nel letto.

La porta si richiude oscurando per sempre la figura di passaggio di cui noi non sapremo mai niente, come delle altre, tutte le altre, tante o poche, cosa importa.

Torniamo a essere una famiglia. Siamo una famiglia.

Poi arriva l'estate, poi l'uomo con la pistola, poi noi nel bunker. Poi fuggiamo a Roma.

6

Perché siamo diventati poveri, mamma?

Lei abbassa lo sguardo, potrebbe rispondermi colpa di Boero, se non fosse mai entrato nella nostra vita, papà non avrebbe messo i soldi nella società petrolifera, meglio: non ci sarebbe stata nessuna società petrolifera – il petrolio a Orbetello? Perdite di carburante dai pescherecci.

Potrebbe rispondermi, ma non lo fa.

Se non fosse arrivato Boero saremmo ancora tutti e quattro insieme. O forse no, forse la nostra famiglia si sarebbe distrutta ugualmente, di certo però avremmo avuto meno problemi, di certo lei oggi non si troverebbe di fronte a me che le chiedo: mamma, perché siamo diventati poveri?

La verità è che lei non ha prove concrete per affermare che la causa della nostra attuale condizione economica sia la società petrolifera, più probabile che papà non ci dia soldi per ripicca. Noi siamo fuggiti a Roma? Lui non ci mantiene più. Quando lei si fa coraggio, alza il telefono e rivendica il mantenimento, abbiamo bisogno di libri, vestiti, scarpe, lui risponde che le cose sono molto cambiate, lui non ha soldi. Mamma non gli crede, sa che sta mentendo.

Anche dalle carte che ritrovo oggi, non emerge alcun nesso diretto tra la società e la perdita di capitale. Scopro, sì, un uomo che prima di morire ha svuotato i conti correnti, otto (cinque in Italia, e tre in Canada), ma non il motivo per cui l'ha fatto. Non lasciare niente a noi? Nascondere i capitali al fisco? Forse proteggerci?

Sia quel che sia, quell'uomo – diavolo, ladro o benefattore – nel 1985 fonda la Termomac, società di petroli con sede a Roma, in via Boncompagni 21. Soci al 45 percento Lorenzo Ciabatti, al 35 percento Claudio Boero, al 20 percento Giulio Maceratini.

Nonostante mamma tenti di fermarlo, e non solo lei – zio Umberto, zio Dante, gli amici – lui firma. Oddio, spicco un saltino io, vuoi dire che adesso abbiamo pozzi di petrolio? Salgo in piedi sul tavolo, alzo le braccia in alto, cielo, galassia, giacimenti, faccio una giravolta: è tutto mio.

Scendi, che rompi il tavolo. Mia madre.

Quello che a me sembra l'inizio di una vita meravigliosa, ancora più meravigliosa di questa, è la caduta. Non posso immaginare che a breve mi ritroverò a via dei Monti Parioli 49a in una casa dove non ho un bagno personale, per la prima volta nella vita io non avrò un bagno tutto mio, e sarò costretta a bussare disperatamente alla porta chiusa (ti sbrighi che devo passarmi la piastra, cazzo? Mamma, mamma, di' qualcosa a Gianni!). Sai quanti bagni ci sono al Pozzarello? Undici. E a Orbetello? Sei. No, ancora non posso immaginarmi in fila davanti al bagno, perché tra la Termomac e Roma devono succedere molte cose. Tra noi che siamo i figli del Professore, quei noi spensierati che pisciano in un bagno diverso ogni volta, e questi noi impauriti che arrivano nella grande città, semplici Ciabatti – Ciabatti? E giù risate – burini che vengono dal paese, deve passare ancora un po' di tempo.

Papà diventa sempre più nervoso. Iniziano i viaggi a Roma, appuntamenti in Parlamento. Telefonate notturne. Nomi nuovi nell'aria: Garrone, Moratti, Accorinti. Appuntamento in Agip, riunione in Api.

Riprende a fumare quattro pacchetti di sigarette al giorno quando era sceso a uno, l'orecchino aveva funzionato, gli rinfaccia mamma, e lui invece ha rovinato tutto, vuole forse morire, cosa ti succede, Renzo? Li sentiamo discutere. Esci da quella maledetta società, lo implora lei, allontanati da queste persone, chi sono, non sai niente di loro.

Poi il sequestro lampo, poi noi nel bunker, poi la sensazione che laggiù sottoterra moriremo, stiamo per morire, non moriamo. Poi noi che fuggiamo a Roma, ed eccoci qui.

Via dei Monti Parioli 49a.

Mamma ci ha iscritto alla scuola di quartiere: liceo classico Goffredo Mameli. Pensa: abituati al paese, meglio che abbiano la scuola vicina, anche se la tentazione di iscriverci al suo ex liceo, Visconti, c'è stata, la tentazione di riportare il tempo indietro, a giorni meno ricchi ma sereni.

Gianni impiega qualche mese ad ambientarsi, io mi faccio subito delle amiche, un'amica del cuore: Eleonora.

Vedi che ho fatto bene a portarli a Roma? Pensa mamma. Vedi quant'è educata l'amichetta di Teresa? Dice a nonna. Quanto le piace Eleonora, altro che le sgallettate di Port'Ercole.

Eleonora Linda, la prima volta che viene a casa, dice: uh, questo comprensorio l'ha costruito mio nonno.

Tuo nonno? Eleonora è la nipote di Raul De Sanctis, e nonna si asciuga le lacrime per la coincidenza, un signore tanto gentile, Eleonora, un uomo generoso che mi è venuto incontro col prezzo, l'unico affare della mia vita. Dove saremmo oggi noi senza questa casa? Se non ci fosse stato tuo nonno... Si abbracciano strette strette. Era un uomo buono – sussurra nonna quando Eleonora le dice che è morto – tanto buono.

La smetti di rompere i coglioni alla mia amica? Mi paleso io sulla porta. Mamma, mi lamento, nonna mi prende Eleonora.

Eleonora, gli occhi lucidi, dice: sono io che voglio ascoltarla.

Scegli, la minaccio, o me o lei.

Ci chiudiamo in camera, e passiamo il pomeriggio al telefono. Mamma ci sente ridere.

È stato giusto venire a Roma, è stato giusto fuggire.

È tale il sollievo che quando arrivano le bollette non si arrabbia. Bollette enorми, perché noi, io ed Eleonora – due cretine, Fiorella, inveisce al telefono mamma – chiamiamo ovunque, anche numeri in America – come risulta dal tabulato richiesto alla Sip – pazze, prive di senso della realtà...

Però insieme. Deve ammetterlo, questo la conforta, la conforta terribilmente l'idea che la figlia abbia un'amica del cuore, quanto la rassicurano i nostri gridolini oltre la porta chiusa, e le vocette squillanti: in prima C c'è una che ti ama, iniziali T.C. Rumore di cornetta abbassata, schiamazzi. Secondo te ora ha capito?

A volte mamma minaccia di togliermi il telefono dalla stanza. Stacca il filo, prende l'apparecchio a forma di gatto, io la fermo, la strattono, ce lo litighiamo finché non riesco a strapparglielo di mano, e stringendolo forte al petto dico è mio, e lo copro con le braccia quasi fosse un gatto vivo.

Via dei Monti Parioli 49a.

La vita a Roma è molto diversa da quella di paese. La città è immensa e, anche se io non la vivo nella sua grandezza, rimango nel quartiere, l'idea mi condiziona, ogni distanza mi pare enorme. Per andare a casa di Eleonora, piazza Ungheria, prendo il taxi. Spendo la paghetta in taxi. Se devo andare a fare shopping in centro prendo il taxi. Per esempio: voglio il bauletto di Naj-Oleari, voglio essere una ragazza normale col bauletto, ti prego papi, piango al telefono, non fatemi essere diversa.

Il negozio Naj-Oleari è in centro, via dei Greci. Dieci minuti di taxi. Mi pare facile uscire di casa, salire sull'auto, arrivare. Basta avere i soldi, i soldi fanno la felicità... Il difficile è entrare nel negozio affollato di ragazzine bionde, magre, in gruppo o con le mamme, mamme speciali, in pelliccia, gioielli e tacchi alti. Come se una nube avvolgesse tutte loro, e io fuori. Chi sono io mentre avanzo tra loro, mi manca il respiro, chi sono io mentre arraffo un bauletto celeste, devo pagare, e uscire in fretta. Mi tremano le gambe, sento caldo, caldissimo, inizio a sudare. Due ragazzine si abbracciano –

Ginevra, ti avevo chiamato ieri! Mi gira la testa, troppa gente intorno, e voci, bellissime voci di ragazze bionde.

Corro a piazza del Popolo, m'infilo in un taxi: via dei Monti Parioli 49a, dico. Casa. Voglio tornare a casa, chiudermi in camera, mettermi a letto, nascosta sotto le coperte. La strada del ritorno mi sembra lunghissima, semafori rossi, stringo il bauletto come uno scudo, la corazza che può difendermi dal nuovo mondo. Ancora semaforo rosso. Sento lo stomaco stringersi, e la sensazione che conosco bene salire su, come un serpente, arrivare alla gola, e ancora più su. Si può fermare, bisbiglio al tassista, e vomito, vomito sul sedile, sul tappetino, sul bauletto celeste di Naj-Oleari.

A Roma ci sono anche le feste in abito da sera. Torno da scuola disperata: che cazzo mi metto? La prima è la festa di Beatrice. Devo essere la più bella, minaccio. Sottinteso: sei tu che ci hai portato qui, sei tu che devi renderci all'altezza, mamma.

Mamma compra la stoffa, un misto seta a rigoni orizzontali bianchi e neri, e una maglia di lana nera. Immagina per me qualcosa di morbido, che non mi fasci troppo, le faccio tenerezza così cicciotta. Mi vorrebbe abbracciare come una bambola, la sua bambolona. Ma quando si avvicina, io mi ritraggo, stammi lontana. Fatti stringere, ritenta lei. E io: sono enorme, lasciami in pace. E lei: oh, piantala, vieni qui. E io girandomi con gli occhi pieni di lacrime: siete voi che mi avete ridotta così.

Nonna cuce il vestito, gonnellona fino alle caviglie che attacca alla maglia. Fiocco su un fianco, io protesto: più gonfio! Ancora di più... lo voglio gigante.

Pretendo il fiocco più grande che si sia mai visto ai Parioli. Una specie di vessillo che mi distingua dagli altri, non sarò la più bella, la più ricca, la più nobile, sarò quella dal fiocco più grande. Perché a Roma ho scoperto un'altra realtà, un ulteriore livello che mi sovrasta, non bastavano le figlie di politici, non bastavano le bionde magrissime, nel mondo nuovo esistono le principesse. Mentre io sono una semplice Teresa Ciabatti – Ciabatti? E giù risate. Ma questo succederà più avanti, adesso siamo alla festa di Beatrice, e io entro trionfante, leggermente di sbieco per far passare il fiocco.

Esattamente tre anni dopo, una ragazza appena conosciuta, nella ricognizione degli amici in comune, scoprendo che una è Beatrice, anche lei era alla festa, mi chiederà: non dirmi che eri quella col vestito da prima comunione?

Figurati, rispondo io.

Invece ero io, proprio io, Teresa Ciabatti. E solo ora, in questo presente, mi arrivano le risate dal passato – guarda la cicciona che vestito – mi arrivano le parole che non ho sentito allora – poverina però. E mi rivedo quindicenne uscire di casa, cappotto nero di mamma, vestito a rigoni, mi rivedo traballante sulle scarpe mezzo tacco, le prime scarpe col tacco, risento l'emozione di quella prima festa. Il cuoricino palpitante pieno di aspettative, stasera incontro l'amore.

Dopo la festa di Beatrice, sviluppo un'ossessione per gli abiti da sera. Diventa il modo per rivendicare un posto in mezzo a loro, i ragazzi dei Parioli, allontanandomi sempre più da quelli di Orbetello.

Voglio solo chiffon, taffetà, tulle, balze, fiocchi, a ogni festa un vestito diverso. Devo essere la più elegante. Mamma, spinta dal senso di colpa – forse ha sbagliato a trascinarci qui, a separarci da papà – chiede aiuto a zia Ambra. Zia Ambra, così elegante e raffinata – quante volte papà le ha detto: perché non ti fai aiutare da Ambra a vestirti? – zia Ambra che ha la soluzione: Roberta Felici. La Felici riceve direttamente in casa, borgata Fidene, rifà i modelli delle riviste precisi precisi. Molti dei vestiti di zia Ambra mica sono originali – confessa zia – e nessuno mai se ne è accorto, Micol Fontana alla festa dell'ambasciata del Libano si è complimentata per come indossava il suo modello, era una copia, pensa.

Parioli - borgata Fidene, andata e ritorno, quante volte, cento duecento, così tante che mi pare di essere ancora su quella strada, la me di sedici anni si è rifugiata lì. Esiste ancora, quell'adolescente triste ma speranzosa, fragilissima e aggressiva, col miraggio del nuovo vestito, ancora più bello del precedente, sempre più bello, il più splendente di tutti a illuminare il buco nero.

Prove su prove di abiti che a un certo punto inizio a disegnarmi da sola, con mamma che tenta di contenermi: togli qualche fiocco. Io mi ostino, voglio che le persone si girino a guardarmi, che si chiedano: chi è quella creatura elegantissima? Desidero mettermi in evidenza, essere diversa – grido nei momenti di rabbia, borgata Fidene - Parioli – una cosa speciale – piango – voglio che tutto torni come prima – mormoro piano, Parioli - borgata Fidene – perché è cambiato, mamma?

Lei abbassa lo sguardo, non sa come rispondere, più tardi si sfoga con le amiche. Cosa ha fatto... s'incolpa, ci ha strappato dal luogo dove eravamo speciali, i figli del Professore, per gettarci nel mare aperto dove non siamo nessuno... Ma, a rifletterci meglio, è davvero un male? Si rianima. Conta di più imparare l'uguaglianza, crescere con l'idea di essere normali, sbaglio, Fiorella?

Si aggrappa a un'etica che tira fuori a comodo. Mia madre oscilla tra la convinzione di aver agito per il meglio e il senso di colpa, mai una posizione intermedia, l'ammissione di aver fatto quello che poteva. A sé stessa riserva sempre un ruolo di primo piano, fintamente in ombra. Tutto dipende da lei, lei ha subìto, lei ha agito. A momenti le sembra di aver scelto il meglio, a momenti il peggio. Impressione che può variare più volte nell'arco di una giornata, e di una notte insonne, da quando è a Roma ha smesso di dormire, un paio d'ore massimo.

Gianni sempre più silenzioso, non racconta niente della scuola, risponde evasivo alle domande, tutto bene? Tutto bene. Un'unica richiesta: gli anfibi. Non è che questo mi diventa estremista? Si confida mia madre con zia Stefania. Uno estremista, l'altra squilibrata.

Ha sbagliato a portarci a Roma.

Deve farsi perdonare, consolarci, rassicurarci.

Eccola allora la sua bambina sulla poltrona di fronte allo specchio con le luci da star. Eccola la sua bambina di provincia smarrita nella grande città, eccola la sua bambina imperfetta.

Un altro regalo di mamma, oltre al vestito. Per l'ennesima festa. Sarò bellissima, la più bella, stasera incontro l'amore, ho una bocca stupenda – commenta Gil Cagné, truccatore delle star, guardandomi nello specchio – vanno messi in risalto gli zigomi.

Glielo dica lei, Gil, che a me non mi ascolta, s'intromette mamma.

Mamma...

Devi solo imparare a truccarti.

Per favore, protesto stringendomi nelle spalle. Perché nello specchio io non vedo niente di bello. Solo una cosa enorme, dio come sono grassa, un essere deforme che soffoca quello che ero prima, dov'è finita la bambina bellissima? Dov'è finita Teresa Ciabatti che piroettava sul palco del Supercinema?

Fuori dal negozio mamma mi ripete quanto sono bella, sembro un'altra, sbaglio a mettermi tutto quel nero sugli occhi, da oggi devo truccarmi così, dice sventolando il foglio con la sagoma del viso – il mio viso ovale, ho appena scoperto. Devo seguire le istruzioni di Gil, continua lei: phard sugli zigomi, rimmel...

Io mi fermo in mezzo a via del Babuino, mi fermo, le tolgo il foglio di mano, e strappandolo dico che quella non è la mia faccia, quella sagoma con occhi e bocca non sono io, mamma, non sono io, ripeto, facendo a pezzi la sagoma del mio viso. Io mi trucco come cazzo mi pare, continuo, e se non ti sta bene, potevi dirlo prima, se non ti sto bene, puoi anche cacciarmi di casa, piango, oppure portarmi da un chirurgo plastico, questo sì che mi piacerebbe, una liposuzione, via il grasso, mi addormento cicciona, e mi risveglio magra, e invece non si può, perché, dimmi perché, singhiozzo.

Lei non sa come rispondere, potrebbe raccontarmi che papà non ci passa una lira perché vuole punirci, potrebbe rivelarmi che viviamo della pensione sua e di nonna, e dei gioielli venduti. Tace. È un equilibrio precario. Una parola in più rischia di allontanarci da papà, e lei non vuole. Adesso, in questo preciso istante in via del

Babuino lei non vuole. Stasera a casa, o domani in macchina, magari vorrà. Poi domani sera a letto non vorrà più, e via così. Desiderio altalenante: tenerci vicini a lui o metterci contro. Proteggerci o usarci.

Piango in mezzo alla strada, col trucco che cola, distruggendo il lavoro perfetto di Gil Cagné, e torno a essere una ragazzina qualunque.

Ha sbagliato a portarci a Roma, pensa lei, mentre io paonazza dico: perché siamo diventati poveri, mamma?

7

Io devo sapere chi è mio marito, chiede Francesca Fabiani, non è quello che dice. L'investigatore annuisce, lo scoprirà, deve solo dargli un anticipo. Ecco, consegna i soldi mamma. Lei vuole sapere tutto: lingotti d'oro, pistola, America, Ronald Reagan, Frank Sinatra, Robert Wood Johnson II, e ancora: Licio Gelli, massoneria, P2, golpe Borghese, Dante Ciabatti, e ancora: società petrolifera, sequestro, voglio sapere chi ha sequestrato mio marito per un giorno.

Per pagare l'investigatore mamma si è venduta una testa etrusca che avevano regalato a papà. A Roma è riuscita a portare due scatoloni di resti etruschi che tiene nascosti nel controsoffitto, incartati in fogli di giornale, dovessero arrivare i ladri. Roma è pericolosa, ripete.

Sempre più agitata, succede che mamma vada a fare la spesa, torni a casa, e solo in cucina si accorga di aver dimenticato le buste al supermercato. E quella volta che rientra con un vestito nuovo? Carino, dico io, e di colpo lei si blocca: non ho pagato... Socchiude gli occhi, quasi a rivedere la scena, non ho pagato, ripete, sono uscita senza pagare. Mi prende con sé, mi carica in macchina, e torniamo al negozio, un negozietto in Prati che vende abbigliamento a metà prezzo. Lei entra affannata: non era mia intenzione, blatera, non volevo...

Le commesse la guardano.

Il vestito, dice lei, me ne sono andata senza pagare.

Le commesse si consultano, controllano l'incasso della giornata, breve ricognizione: guardi signora che ha pagato.

No, insiste lei, ne sono sicura, alza il tono di voce attirando l'attenzione dei presenti. E io mi vergogno. Sembra una pazza, vorrei zittirla, prenderla per mano e portarla via. Ma lei è piantata lì, di fronte alla cassa, come in un tribunale a dimostrare la sua innocenza, lei non è una ladra.

Le commesse tentano di convincerla che ha pagato, ricordano benissimo, lo scontrino purtroppo non c'è (anni in cui i negozi, specie quelli di basso livello, non emettevano scontrini). Mia madre le interrompe per ripetere che le dispiace, quanto le dispiace, e tira fuori il portafogli, vuole pagare.

No, signora, la ferma una delle due. Ragazze, si lancia mia madre, vengo da una famiglia di commercianti, avevamo un negozio di cappelli a via dei Prefetti. Inutili le resistenze delle commesse. Va bene, pagato o no, conclude mia madre eroica, nel dubbio preferisco pagare due volte, e dà cinquantamila lire, dice grazie grazie, e prendendomi per un braccio s'avvia all'uscita, mentre una commessa la richiama, signora il resto, e lei risponde: il resto è per voi che siete tanto gentili.

Loro la guardano stranite, io seguo mamma, esco per strada, e non mi volto più, perché là dentro, negli occhi della gente che fissa mia madre, c'è qualcosa che non mi piace e che non voglio vedere.

A Roma l'ansia di mia madre cresce. Se prima riusciva a gestirla, il paese piccolo, tutti che si conoscono, ora no. Ci manda a ripetizione di latino e greco anche se abbiamo sette e otto (i problemi vanno prevenuti). Ceniamo sempre prima. Alle diciannove e trenta, alle diciannove, infine alle diciotto e trenta. In primavera noi ceniamo, e fuori è giorno.

Tavor 5mg, Optalidon 5mg, per qualche tempo anche Xanax, insieme però le danno sonnolenza, e lei non vuole, già ha dormito un anno intero, la cura del sonno, e quell'anno è il suo tormento, confessa a Fiorella: potrebbe essere successo tutto, e io dormivo.

Che vuoi che sia successo, Francesca, sdrammatizza Fiorella.

Perché allora Teresa ingrassa?

Io la preoccupo di più. Gianni sembra tranquillo, il bambino scalmanato si è trasformato in un adolescente calmo, forse un po' introverso. Io invece sono smodata, eccessiva, disperata. Per un periodo sospetta che soffra di crisi epilettiche. Mi butto a terra, batto i piedi, urlo. Mi fa visitare. Niente epilessia, solo una ragazzina ansiosa – ansia anch'io – con disturbi alimentari, dicono i medici. Quindici anni, sovrappeso di dodici chili. Mamma spera che Roma mi faccia bene. Sono stati gli anni delle medie a rovinarmi, si sfoga al telefono: il Bronx, Fiorella, quel paese era il Bronx... La sento raccontare di Port'Ercole, delle fughe, del Pozzarello, dell'ambulanza.

Si ferma a riflettere.

Chi ha chiamato l'ambulanza? Chi ha aperto il cancello? Se lo chiede solo oggi. Ha sempre pensato Nino, Nino che andava a innaffiare il giardino, Nino che aveva nascosto la gallina. Ma possibile che fosse andato proprio quel giorno in quel preciso momento, possibile? Quante domande mai fatte e, se fatte, quante risposte evasive. Come i lingotti d'oro che papà tiene nel primo cassetto del comò, insieme alla pistola. Dove li hai presi? Chiede lei. Ho fatto sciogliere cianfrusaglia, catenine, accendini, risponde lui. Ventitré lingotti, quindici chili a lingotto, ventitré lingotti cifrati.

Voglio sapere chi è mio marito: nato a Grosseto il 4 agosto 1928, primario dell'ospedale di Orbetello, residente in via dei Mille 37, voglio sapere chi è davvero Lorenzo Ciabatti, chiede Francesca Fabiani a Tom Ponzi. Un milione di lire anticipato. Gli altri alla fine.

8

Mamma decide di non mandarci al matrimonio di nostro cugino Aldo, il figlio di zio Dante, lasciando che vada papà da solo. I ragazzi hanno preso impegni con gli amici, una festa proprio sabato, si stanno appena ambientando, cerca di capire, Renzo. Mente, lo fa apposta, finge che siano scelte nostre, invece sono sue. Dice che non ci usa, mai nella vita lei userebbe i figli contro il padre, mai Fiorella! Poi lo fa.

Papà comunica a mamma che sono andati a trovarlo Ambra e Giorgio per il fine settimana. Ambra e Giorgio? Passavano di qui.

È a questo punto che lui sferra il grande colpo. Quel colpo che darà a mia madre, Francesca Fabiani, l'idea di aver perso tutto.

Renzo non puoi, tenta lei al telefono.

È al di sopra delle nostre possibilità, replica lui, solo i quattrini di piscina...

L'ho sempre pulita io, rinfaccia lei, skimmer, cloro.

Non possiamo più permettercela.

Mente, mamma lo sa. Mentono entrambi, sempre. Ora mia madre sa che la cattiveria di mio padre supera l'amor proprio, perché quella è la casa che ha fatto costruire lui, stanza per stanza, camera da letto padronale con terrazzo separato – all'ingegnere – cucina lato piscina, portico, qui sotto divano e poltrone di vimini – a lei sognando – salone con finestroni sul mare, tutto aperto, più aperto, ancora di più – al direttore dei lavori – come fossimo sull'acqua.

Ora mamma capisce che, pur di farle male, lui è disposto a rimetterci in prima persona. S'immola per distruggere noi. O ha davvero problemi economici?

Sul mercato il Pozzarello vale sei miliardi. La mia infanzia vale sei miliardi di lire. Mi pare poco, io non vorrei venderla, vorrei che rimanesse per sempre mia, imploro, piango. Facciamo così, papà, aspetta che divento famosa, e te li do io sei miliardi, giuro...

Mio padre accetta l'offerta di un miliardo. Perché? Tenta di fermarlo mamma, dalla a un'agenzia. Lui che non ha mai voluto affittarla (nemmeno l'estate in cui Angelo Rizzoli gli offre quaranta milioni per un mese), che non l'ha mai voluta dare per le pubblicità (tre giorni di riprese, Professore, sessanta milioni di lire per tre giorni), lui che alle offerte che arrivavano negli anni – tre, quattro, cinque miliardi – rispondeva: non è in vendita. E come si sentiva forte quando riattaccava il telefono: aveva appena rifiutato cinque miliardi, e io bambina seduta sul gradino ridevo, puff, cinque miliardi, pochissimo, e io mi sentivo onnipotente, per sempre al sicuro.

Non puoi accettare un miliardo, cerca di farlo ragionare mamma.

Che ti credi, risponde lui, qui la gente non ha più soldi.

Infanzia Teresa Ciabatti: un miliardo.

Mio padre firma l'atto il 3 settembre 1988.

Se avesse saputo allora il male che avrebbe fatto a me, meno a Gianni che non veniva più, meno a mamma che ormai odiava il Pozzarello, se solo avesse saputo che per il resto della vita l'avrei sognata, la mia casa d'infanzia, ogni notte: io sott'acqua che entro bambina e riemergo donna, mio marito seduto sul bordo che immerge mia figlia, metti i braccioli amore, te li mette nonna, spunta mia madre dalla cucina, vieni anche tu, urlo a mio padre, e Gianni sul trampolino che grida alla nipote: t'insegno il tuffo di testa, e lei che si gira verso di me, gli occhi pieni di emozione: posso, mamma? Quella bambina siamo noi, io, mio fratello, mia madre, mio padre, mia figlia. Tutti insieme in un'unica bambina, posso, mamma?

Presente che si sovrappone al passato, lasciando al risveglio un senso di mancanza, di braccio amputato, di fantasmi che tornano e poi svaniscono. Ebbene, se mio padre avesse saputo che avrei ricercato ossessivamente la mia casa, fino a ritrovarla davvero vent'anni dopo, e a ragionare di ricomprarla, dare via ogni cosa, accendere un mutuo, per riprendermi l'infanzia, se solo lui avesse immaginato, l'avrebbe venduta ugualmente?

Chi l'ha comprata? Una società. Con tutte le nostre cose dentro: vecchi giocattoli, ricordi di viaggi, disegni, e diari segreti. Ecco, i miei diari segreti non voglio che li legga nessuno, fammeli andare a riprendere.

Non si può.

E biancheria, quadri, quadri di un certo valore, un ritratto di mamma, mobili antichi. Tutto.

Ha firmato l'amministratore, dietro c'è un politico. Dicono Forlani, qualcuno Malfatti. O De Michelis.

Con la casa si dissolve anche la famiglia. Qualcuno, bambino ragazzo uomo, ha rubato il nostro passato.

Nei miei sogni sono di nuovo lì. Mamma mamma, sento la vocina lontana. Una voce seppellita che arriva dalla cesta dei giocattoli. Cerco, mamma mamma, e sul fondo la trovo. Trovo la bambola che dice mamma, senza che nessuno le schiacci il pancino. M'inginocchio, piango, l'ho ritrovata, ti ho ritrovata, bambina mia, mentre lei ripete mamma mamma per conto suo, e respira, per tutti questi anni è stata là in fondo, viva, una bambina vera.

Francesca Fabiani non sa come frenare il disfacimento. Papà vende, svende, persino regala. Presta soldi, cento milioni a un giovane medico in difficoltà, regala appartamenti non si sa a chi. Mamma lo scopre, ma non ce lo dice. Non vuole spaventarci. Già io sono abbastanza disorientata. Ingrasso, piango, ho crisi di panico, mi ferisco, mi barrico in bagno, urlo, ingrasso.

Chi l'ha comprata? Continuo a chiedere, voglio sapere, devo sapere chi pettina ora la mia testolina di capelli!

Chiunque sia commette uno sbaglio. Mantenere lo stesso numero di telefono.

Pronto, casa Ciabatti?

Questa non è più casa Ciabatti.

Va bene vendere la villa, va bene un miliardo, va bene tutto purché i soldi vengano reinvestiti per i ragazzi, chiede mia madre. Una casa intestata a noi. Papà non promette niente, un miliardo sembra tanto in realtà è poco, che si crede lei.

Ha sbagliato, pensa di nuovo mamma. Doveva resistere, sopportare, era il suo dovere di madre, adesso i ragazzi non hanno niente, solo macerie. Macerie di case, di soldi, di amore. Si dispera con Fiorella. Poi riacquista forza, se questa è una guerra, deve combatterla, un po' di furbizia, Francesca Fabiani, fingi, maschera l'odio, perché è questo che oggi lei prova per Lorenzo Ciabatti, puro odio, lo vorrebbe morto... proprio morto no, scoppia a piangere di notte, morto mai... vorrebbe che tornasse come prima, che non era felicità, ma una specie, si rigira nel letto, non dorme, non ha preso la pasticca, o sì?

Sbaglia i farmaci. Ci sono giorni che pensando di averli presi non li prende proprio, altri che li prende due volte, tre, nel dubbio di averli saltati. Stordita, chiama l'investigatore: novità? Bisognerebbe pedinarlo, suggerisce, servono notizie anche su possibili tradimenti, ogni cosa è utile per la separazione.

Io la osservo. Mi irrita tutto di lei. Il modo di vestire sciatto, le scarpe basse, le palpebre cadenti, la mancanza di gioielli – solo la fede, lei continua a portare la fede – la parlata concitata, le mani piccole, la voce roca che alza il telefono della cucina mentre io parlo con un maschio e dice: devo fare una telefonata, metti giù. Io che riattacco, e furibonda vado da lei urlando come cazzo ti permetti. Lei che mi guarda con occhi mansueti – non fidatevi di quegli occhi, vorrei urlare alla gente – e dice che deve chiamare la commercialista, e io che mi avvicino minacciosa puntandole il dito al petto, tu devi chiamare l'investigatore, lo so.

Lo so perché anch'io alzo il telefono e ascolto pezzi di sue conversazioni. So che lei fa seguire papà, vuole scoprire i suoi segreti per poterlo ricattare, io so tutto, e mi fa schifo, lei è una donna che mi fa schifo, urlo.

Mamma mi strattona, tu non sai niente.

Lo devi lasciare in pace, la spintono. Lascia in pace mio padre, le stringo un braccio, ahi, mi afferra per le spalle, cosa ne sai tu, la spingo al muro, lei mi prende per i capelli, io mi divincolo. Una addosso all'altra si nota la differenza di altezza, da poco l'ho superata, sono diventata più alta di almeno tre centimetri. Lei mi fissa rabbiosa: non hai capito che è frocio, tuo padre va con gli uomini.

Mi manca il respiro, non è vero, sibilo, mi butto a terra, piango, non è vero. Batto i piedi.

Se non è una crisi epilettica, come i medici hanno sentenziato, è solo il modo di piangere di una bambina. Lei mi viene sopra e mi blocca le braccia. Lasciami, scalcio. Sei bugiarda, piango. Mi dimeno, lei tenta di sedarmi come fossi davvero epilettica. Calmati, ora calmati, ripete. Io continuo a scalciare, e inizio a sbattere la testa al pavimento. Va tutto bene, Teresa, mormora lei, va tutto bene, amore mio, io non smetto di sbattere la testa, mamma ha detto una cosa cattiva, sussurra piano, una bugia, perdonami, ora piange anche lei.

9

Gianni ha preso sette al compito di matematica, io otto in filoso-
fia, abbiamo amici, io un'amica tanto carina, che pensa, Renzo, è
la nipote... Mamma parla a papà come se non fosse successo niente, nessuna guerra, nessuna casa venduta. Ha cambiato strategia,
vuole tornare a ragionare. Parla per recuperare il padre dei figli, in
apparenza. In realtà per recuperare il patrimonio.

Lo invita a Roma: puoi anche rimanere a dormire...

Da quando ci siamo trasferiti lui è venuto solo due volte. Non
può lasciare l'ospedale, senza di lui si ferma. Di contro noi, tra scuola, amici, feste, non possiamo andare a Orbetello, anche se a dire il
vero lui non ce lo chiede, ma chissenefrega, chissenefrega del paese, dei paesani, di lui, mi piacerebbe gridarglielo: sai cosa rispondo quando mi chiedono da dove vengo? Siena. E sai perché, papà?
Perché mi vergogno di dire Orbetello.

Via dei Monti Parioli 49a. Arriva in tarda mattinata. Completo e soprabito scuro. Al dito l'anello con zaffiro, come sempre.

Si siede sul divano. Noi andiamo e veniamo dalle nostre camere. Contenti che sia arrivato, ma determinati a continuare la nostra
vita, scusa papi, oggi vado da Eleonora; io a inglese.

Lui rimane sul divano a guardare la tv. Il gomito sul bracciolo, la
gamba accavallata. A volte si addormenta. Francesca, bisbiglia nonna, vieni... Aprendo di poco la porta, su papà addormentato, quasi

a volerle dimostrare che è mansueto, non cattivo come pensa lei, mansueto e stanco, povero Renzo. Nonna, sempre ostile a mio padre, da quando siamo a Roma ha cambiato idea: è un brav'uomo, professionista stimato, non precipitare gli eventi, Francesca.

Guardandolo dormire in effetti per un po' mamma pensa che sì, ha ragione nonna, che nonostante i litigi loro si vogliono bene, questa è la verità. Non importa che non fanno l'amore da quattordici anni precisi, neanche un bacio, non importa se lui l'ha tradita – mille volte, lei lo sa – non importa che l'abbia tanto ferita. Lui si sveglia, la vede, lei abbassa lo sguardo, scusa scusa, e richiude la porta.

Fuori, segni di primavera. Gli alberi del comprensorio stanno tornando verdi. È bello qui, non sembra neanche Roma.

5 maggio, il nostro compleanno.

Lo troviamo al ritorno da scuola: papà papà! Perché non ce l'hai detto? Papi, oh papi! Come sei venuto?

Ha guidato Nino.

Fallo salire.

Cambiamo discorso, e ci dimentichiamo all'istante di Nino che aspetta in macchina fino a sera.

Buon compleanno, ragazzi. Mamma è commossa. Sapeva della sorpresa, anzi, è stata proprio un'idea sua, all'inizio papà aveva detto ci penso. Per giorni non si era fatto sentire, e lei aveva perso le speranze, invece all'ultimo ha chiamato: vengo. Lei non ricorda di essere stata tanto felice negli ultimi tempi. Quando ha attaccato la cornetta del telefono a muro della cucina, si è dovuta chiudere in bagno perché noi non la vedessimo. Il cuore batteva forte, gli occhi pieni di lacrime. Si è detta: lo amo. Amo ancora mio marito, e tutto tornerà come prima. Poi nello specchio ha visto una donna invecchiata. Cinquant'anni che sembravano sessanta. Le palpebre calate, la pelle inspessita, i capelli troppo scuri con la tinta che si è fatta da sola per coprire la ricrescita, se non li colorasse sarebbero tutti grigi.

Anche adesso, attorno al tavolo da pranzo, a lei s'inumidiscono gli occhi. Non deve drammatizzare, si trattiene, non deve interpretare il nostro essere insieme come un ritorno. È solo un momento.

Nonna entra ed esce dalla cucina: un po' di vino, Renzo? Lei che mi dice di mangiare prima la verdura per riempire lo stomaco, io rispondo: non rompere i coglioni. Una famiglia. Siamo di nuovo una famiglia.

Tanti auguri a voi, tanti auguri a voi! Arrivano le torte. Candeline rosa per me, candeline celesti per Gianni.

Auguri a questi figli meravigliosi, diventa retorica mamma, io e papà non potevamo desiderare di meglio, mai avremmo immaginato, si commuove, mai potevamo pensare...

Mamma, la interrompe Gianni.

Soffiamo, le candeline si spengono.

Ora che siete maggiorenni, s'avvia a dire solenne papà.

Maggiorenni?

Diciott'anni.

Sono sedici.

Mio padre non ricorda quanti anni abbiamo. Suvvia: sedici diciotto, cambia poco.

No che non cambia poco, penso dentro di me, e di sicuro lo pensa Gianni. No che non è uguale. A diciott'anni prendi la patente, a diciott'anni puoi andartene di casa – e giuro che io me ne vado, compio diciott'anni e me ne vado, voi non mi vedete mai più – a diciott'anni scopi, penso, e non per una questione di età, ma perché immagino che a diciott'anni non sarò più la cicciona di ora e scoperò, scoperò, alla faccia tua, papà. A diciott'anni sei adulto. E noi non siamo adulti adesso, abbasso lo sguardo, mi viene da piangere, siamo ragazzi, non dico bambini, non adulti però, mancano due anni, tu sai quanti sono due anni nella vita di un adolescente?

Mamma rompe l'imbarazzo: papà è venuto da Orbetello, centonovanta chilometri, ha lasciato l'ospedale per voi. Ci ha anche portato un regalo.

Scartiamo i pacchi. Mentre mamma pensa, riconosco lo sguardo: dovevo rimanere. È un uomo buono, padre generoso, marito affettuoso anche se traditore, ma che importa? Dovevo resistere. Adesso mamma guarda la sua famiglia dall'alto, nella sua mente è dall'alto, come se fosse morta, spesso lei dice quando morirò... Le piace immaginare le cose dopo la sua morte, a volte per generare in noi senso di colpa, preoccupazione: se morissi, toglierei il disturbo. Io la prendo per un polso, stringo forte, urlo: allora muori.

Nessuno scuote i miei nervi come lei. L'unica persona nella vita che mi ha fatto perdere la testa, reagire, urlare, gridare, spintonare, aggredire.

Che sarebbe? Domando io con il regalo tra le mani. Un coltello da dessert, guarda la decorazione. Un coltello per me, un tagliacarte per Gianni. Tutto argento.

Io e Gianni bofonchiamo grazie, incerti se sia uno scherzo o no. Il pranzo è finito, fuggiamo nelle nostre camere. Io mi attacco al telefono con Eleonora: oh sapessi, mi ha regalato un collier di Bulgari, mio padre è così, mi adora.

Rimasti soli, nonna chiusa in cucina a rassettare, mia madre affronta mio padre.

Come ti viene in mente.

Cosa?

Regali riciclati pure ai tuoi figli.

Lui alza le spalle.

Neanche lo sforzo di comprare qualcosa.

L'ho comprati dal Cocchia.

Tanto che importa, vero? Siamo tutti marionette.

Piantala.

A te di loro non te ne frega niente.

Lui leva gli occhi al cielo.

Lei gli si fa sotto, come un uomo. Uomo a uomo. Dimmi chi sei, chi cazzo sei.

Tu stai male.

La società con Boero, continua lei, adesso la voce è spezzata.

Che ti vai a inventare.

Voglio sapere.

Lui tace, nel tentativo di non perdere la pazienza.

Il Pozzarello venduto, tutto sparito, dimmi perché ci odi così tanto, Renzo?

Sempre silenzio.

A chi li dai i soldi, eh? Alle tue amichette, ai tuoi amichetti...

Lui scatta in piedi. Me ne vado.

Lei cerca di trattenerlo. Il compleanno dei ragazzi.

Lui prende il soprabito.

Non puoi, cambia tono lei. Per favore Renzo, supplica.

Lui s'avvia alla porta.

Rimani, prova ancora lei. Che ha fatto, dio mio che ha fatto, è colpa sua, tutta colpa sua. Lui apre la porta e se ne va, lasciandola confusa, smarrita. Ha rovinato il compleanno dei figli. Per le sue frustrazioni, e rivendicazioni, e paranoie ha sottratto il padre ai ragazzi. Li sta crescendo orfani, ecco cosa sta facendo. Vorrebbe chiedere scusa ai suoi bambini, ma come? Come spiegare quello che pensa e sospetta, quello che è stato in tanti anni? Come riuscire a spiegare che il loro papà è il male, forse, a volte il male, a volte il bene. Infatti non ce lo spiega. Più tardi ci dice che papà è dovuto andare a un appuntamento. La società petrolifera.

10

Ottobre 1989, Grosseto, sei di sera, buio, il vento solleva polvere, foglie e cartacce. Non è vero che qui è sempre estate, pensa Francesca Fabiani alzando lo sguardo ai tetti, oltre i quali svetta il grattacielo Ciabatti, lì dove si sono sposati... sposta lo sguardo dall'altra parte della città, alla luce chiarissima dei lampioni, sembra una festa – cos'è quella luce, papà? Il campo sportivo. Niente è come sembra, pensa lei sugli scalini del portone, ufficio legale Faccendi, si è dovuta sedere. Un piccolo giramento di testa.

Sente il vento su di sé, niente è saldamente ancorato. Ogni cosa s'inarca, vola: alberi, panchine, scivolo del giardinetto, e altalene, e i suoi capelli, e documenti per la separazione, e copie di nostri passaporti, Gianni Ciabatti, nato il 5/5/1972. Orbetello (Gr). Statura: 170. Colore degli occhi: marroni. Segni particolari: nessuno. Teresa Ciabatti, nata il 5/5/1972. Orbetello (Gr). Statura: 160. Colore degli occhi: marroni. Segni particolari: nessuno.

Tutto bene, signora? Chiede l'avvocatessa.

Lei non risponde, gli occhi socchiusi, e un senso di nausea che dallo stomaco arriva alla gola. Respira. Non è vero che qui è sempre estate. Per esempio adesso, quell'arbusto trascinato dal vento che pare uno scheletro.

Dopo tanto evitare l'argomento, minacciare e rimandare, mio padre e mia madre hanno deciso di incontrarsi con i rispettivi avvocati. Accordo preliminare, separazione, divorzio. Faccendi introduce nella sua stanza mamma e l'avvocatessa Cutolo, che piacere vederti, Francesca, e i ragazzi? Renzo è in leggero ritardo, incidente sull'Aurelia, un ragazzo, ma ha quasi finito, quanti giovani su quel maledetto tratto di Aurelia...

Mamma sa che papà arriverà incattivito. Confida però nell'effetto sorpresa: lei non vuole chiedere troppo, considerato il patrimonio di lui – più o meno, di preciso non l'ha mai saputo – e dunque, considerati palazzi, alberghi, case, stipendio, lei vuole avanzare richieste minime, niente di eccessivo: una casa intestata a noi e un assegno di mantenimento medio basso. Le richieste contenute lo rabboniranno, ne è certa, lo sorprenderanno, fin quasi a intenerirlo, a spingerlo, magari di sera, nella casa vuota di Orbetello, a interrogarsi: che fine faranno questi miei figli? Allora darà di più del pattuito, un gesto spontaneo che rafforzerà il nostro rapporto, del resto: per chi lavora? Per chi accumula tutto questo enorme inestimabile patrimonio se non per noi?

Scusate il ritardo, arriva papà, stringe la mano all'avvocatessa, a mamma, saluta Faccendi con un cenno del capo. Si toglie il soprabito scuro, si accomoda sulla poltrona di fronte alla scrivania. Tira fuori una sigaretta, mi allunghi il posacenere, Marcello?

La trattativa ha inizio.

L'assegno di mantenimento lo mettono per ultimo. Iniziamo con gli immobili: dalla vendita del Pozzarello mamma chiede un appartamento intestato a me e Gianni. Faccendi ribatte: purtroppo tra tasse, notai, agenti immobiliari (ma non aveva fatto senza agente?), i soldi rimasti sono pochi. Vorremmo vedere l'atto di vendita, chiede l'avvocatessa. Certo, certo, le porge il documento Faccendi.

Niente fuori? Chiede mia madre che sa bene che papà compra e vende con contratti al minimo, il resto in nero.

Non si poteva, è una società, dietro c'è un politico, tutto ufficiale, assicura papà.

Quindi, riprende Faccendi, tra tasse e debiti, rimane poco.

Quali debiti? Domanda mamma. Smarrimento, confusione, paura.

Faccendi diventa serio, raddrizza le spalle. A causa della società petrolifera, Renzo ha accumulato molti debiti.

Ansia, sabbie mobili, terrore. Mamma si gira verso papà, quasi in cerca di rassicurazione, dimmi che non è vero, dimmi che è uno scherzo. Quali debiti? Ripete.

Lui annuisce, debiti.

E i palazzi di Grosseto? Si agita lei, addio calma. E l'Hotel Lorena? I terreni? La torre, lei sa benissimo che lui ha una torre all'altezza di Talamone, sbotta, sai in quanti gliel'hanno detto, che bella la torre del Professore, quanto vale la torre del Professore, e lei zitta, a far finta di niente, se lui non voleva dirglielo, zitta, sempre zitta.

Tutto venduto, ribatte Faccendi, mentre papà picchietta la sigaretta nel posacenere. Arriva sempre al limite della cenere, riesce a tenerla in equilibrio, mani d'oro, quelle del Professore.

Possiamo vedere gli atti? Azzarda l'avvocatessa.

È una situazione complessa, spiega Faccendi, alcune sono cessioni ai fratelli interne alle varie società, passaggi non formalizzati. Renzo aveva contratto debiti anche con Umberto e Dante.

Cosa è rimasto? Chiede mamma.

Faccendi scuote la testa: niente.

Respira, respira. Mamma si attacca all'ultima speranza: il conto in Svizzera, qualcosa deve essere rimasto laggiù. Le grosse cifre papà le ha sempre spostate in Svizzera, lei lo sa, anche se non ha mai chiesto quanto ci fosse, a naso una decina di miliardi.

Quale conto? Chiede Faccendi.

Il conto in Svizzera, ripete lei voltandosi verso papà.

Io non ho conti in Svizzera, mente lui.

Perché, sussurra mamma, perché questa guerra, Renzo? La voce si piega, sta per mettersi a piangere.

Invece di ribattere sì che ce l'hai, le volte che dicevi questi li porto in Svizzera, i soldi della Svizzera non si toccano, mia madre, ansiosa, impaurita, vittima, tace. Stringe i braccioli della poltrona, e respira. Va bene, riprende, chiedo allora che la casa di Orbetello venga intestata ai ragazzi.

E io dove vado, sotto un ponte? Reagisce lui.

A oggi Renzo risulta proprietario unicamente dell'immobile sito in via dei Mille 37, Orbetello, sottolinea Faccendi.

Perché questa guerra? Si domanda ancora mia madre stavolta nella testa, solo nella sua testa.

Silenzio, imbarazzo. Papà si accende un'altra sigaretta. Il metodo rivoluzionario del magnete sull'orecchio non ha avuto effetto. Ha ripreso a fumare quattro pacchetti al giorno.

Parliamo del mantenimento, dice l'avvocatessa. La signora Fabiani chiede tre milioni al mese.

Ora: mio padre ne guadagna dieci, escludendo l'entrata dei dividendi delle varie società e quella degli affitti, ammesso che quelle case ci siano ancora, ammesso che non le abbia passate davvero ai fratelli – quanti palazzi ha a Grosseto? Più di cinquanta appartamenti e venti negozi, le pare, però non sa di preciso. Ma prendiamo per vere le parole di Faccendi, prendiamo per vero il fatto che Lorenzo Ciabatti non ha più niente, e consideriamo solo lo stipendio di primario chirurgo. Tre milioni su dieci sono una richiesta modesta.

Invece: la tua è una richiesta impraticabile, Francesca, replica Faccendi. Per i debiti, sempre per questi debiti, dice. Vago, generico.

L'avvocatessa contesta che servono i documenti per dimostrare debiti e vendite di proprietà.

I documenti, scatta papà, io qui sono sul lastrico.

Intanto Faccendi porge altri fogli. Estratti conto. Monte dei Paschi di Siena, Banca Etruria, Banca di Roma, Banca Nazionale del Lavoro, Credito Cooperativo Fiorentino. Centomila lire su ciascun conto.

Mamma li guarda uno a uno, quindi alza gli occhi, perché? Chiede ancora, più incerta. Forse è tutto vero, forse Renzo è rovinato. Forse è lei che dovrebbe tendergli una mano.

Eppure guardalo seduto in poltrona. Rilassato, taciturno. O forse arreso? La resa di un uomo che ha perso tutto.

Lei non sa a cosa credere. Di preciso non ha mai saputo quanto avesse lui: denaro, immobili. Sono in divisione dei beni, la prima richiesta di lui in vista del matrimonio, le società coi fratelli, le proprietà in comune, cerca di capire, Francesca...

Negli anni ha colto stralci di conversazioni: palazzi, alberghi, terreni... e adesso? Cosa è rimasto? Niente, o forse tutto, solo nascosto. Lei non sa come muoversi, ha bisogno di consultarsi con l'avvocatessa, prendere tempo, forse sollecitare l'investigatore. Non si aspettava questo sfacelo (o vendetta). E resiste. Nello studio di Faccendi non scoppia a piangere, non inveisce, né minaccia. L'incontro si conclude in modo civile, strette di mano, impegno di portare la documentazione completa, buoni propositi di trovare l'accordo migliore per i figli.

Quando mio padre e mia madre si salutano, lei dice: non fumare troppo.

È confusa. Deve riflettere.

Lo fa nel viaggio di ritorno Grosseto-Roma, e nei giorni seguenti. Riflette: a un certo punto deve essere successo qualcosa, la Termomac, e lui è stato costretto a vendere il Pozzarello. Ragiona mia madre, papà non avrebbe mai venduto quella casa, a un sesto del valore di mercato, poi.

Sempre che sia vero quello che dice... magari non era un miliardo, magari erano sei che ha fatto sparire in Svizzera. Magari – arriva a pensare una notte mamma, rigirandosi nel letto – magari non l'ha mai venduta, è ancora sua e chissà chi ci ha messo dentro. Un'amante, un politico, un mafioso. In paese si dice: il Professore ricovera latitanti sotto falso nome, boss della camorra, gente di prestigio. Li tiene in ospedale per un po', stanza singola, poi li dimette.

O forse no, Francesca, forse è vero. I conti prosciugati, la casa venduta. Un miliardo.

Pronto, posso parlare con Teresa?

Teresa chi?

Ciabatti.

Questa non è più casa Ciabatti.

Questa non è più casa Ciabatti.

Non è più casa Ciabatti.

E la manina all'altro capo riattacca la cornetta del telefono gatto.

Mia madre è di nuovo davanti a Tom Ponzi: voglio sapere se la storia dei debiti è vera.

La soluzione migliore, suggerisce l'investigatore, sarebbe mettere le cimici nella casa di Orbetello, se la sente, signora? Mamma indugia. Non tanto per il timore che papà possa accorgersene, quanto per la violazione. Una cosa simile lei non l'ha mai fatta, se si esclude quando ha incaricato mio cugino Giulio di seguire mio padre per scoprire dove andasse, o quando da ragazza rubava rossetti, o quando ha letto il mio diario segreto per capire cosa mi stesse succedendo, scambiando quel *l'abbiamo fatto sulle scale* per una confessione di scopata, e invece era solo un bacio senza la lingua, vaglielo a spiegare, io avevo dodici anni, e credevo che si potesse rimanere incinta con un dito.

La donna leale indugia alla proposta dell'investigatore. Per l'immagine che ha di sé, per la persona specchiata che crede di essere (ma non sei, vorresti esserlo e non riesci e torni indietro, e diventi iraconda, vendicativa, cattiva, come tutti noi, mamma).

La donna giusta tentenna.

Poi pensa a noi. Al male che papà ci sta infliggendo. Pensa al sogno che le ho raccontato in bagno, seduta sul bordo della vasca, mentre lei si lavava i capelli nel lavandino (da quando siamo a Roma non va più dal parrucchiere, ah, la donna buona): sono al Pozzarello – ho raccontato – un uomo entra in camera mia e s'infila nel mio letto, mamma, è buio, non si vede niente, lui si mette sopra di me, e mi schiaccia...

È un sogno, solo un sogno.

Ma è davvero solo un sogno, Fiorella? Mormora atterrita mamma al telefono. Quell'anno, l'anno della cura del sonno può essere successa qualsiasi cosa, e lei non c'era, lei dormiva. Allora risale la rabbia, una rabbia violenta che la rende fortissima.

Gli accadimenti.

Quello che succede il giorno che mia madre va a Orbetello me lo racconta a frammenti negli anni successivi, con furia – ecco chi era tuo padre! – pentimento – avrei potuto perdonarlo – a volte disperazione – se solo avessi saputo che mancava così poco...

Dunque: lei arriva in paese all'ora di pranzo. L'ora in cui per strada non c'è nessuno. Perché nessuno deve vederla. Lui pranza al ristorante di fronte all'ospedale, poi torna al lavoro. O comunque nel suo studio, dove telefona e riceve telefonate. Le telefonate... Se si potessero sentire le sue telefonate, si capirebbe davvero chi è. Nino, che da vent'anni dalla portineria passa le telefonate al Professore, sa molto. Se solo parlasse, non parlerà mai.

Mamma si è messa un cappello calcato sugli occhi. Via dei Mille 37. Respira Francesca, questo è il futuro.

Apre il portone, e s'infila dentro. Respira, respira, primo ostacolo superato.

Scale, portoncino, scale interne.

L'ultima volta che è entrata nella casa di Orbetello cos'era, sette mesi fa. Esita, lui potrebbe aver buttato ogni cosa, anche le foto incorniciate. Cambiato divani, ristrutturato bagni, ha sempre odiato i bagni a fiori, via il letto matrimoniale. Mamma è preparata. Resisterà, non si farà prendere dallo sconforto della distruzione. Eccola in salone, respira. Chiudi e riapri gli occhi. Suggestione o realtà? Chiude e riapre gli occhi. Realtà: ogni cosa è come l'ha lasciata, osserva con un brivido che potrebbe essere rabbia, o forse repulsione, persino tenerezza. Ogni cosa al suo posto, i divani verde muschio, il tavolo di cristallo, la vetrina, i libri d'arte regalati dalle banche, le foto. Disseminate qua e là le foto incorniciate di noi bambini, guarda quella della prima comunione-cresima: lei, papà, io e Gianni fuori dalla chiesa. Papà, una mano sulla mia spalla, l'altra a cingere la vita di mamma che con entrambe le mani si appoggia alle spalle di Gianni. Uniti come un'unica persona. I Ciabatti. Professore e famiglia.

Mamma torna a quei giorni... alla richiesta di comunione e cresima insieme (don Divo, ha implorato, è per nonna Jole, sta morendo e vorrebbe vederli anche cresimati), alla resistenza di don Divo (proprio non si può, dottoressa) abbattuta in pochi giorni dall'intervento diretto del vescovo: sì a comunione e cresima per i figli del Professore! Mamma torna a quel periodo, alle risate su nonna Jole fatta morire per la seconda volta, invece viva e vegeta, nonna Jole che durante il pranzo di comunione-cresima mi prende da parte: tu hai fatto l'amore, dice fissandomi negli occhi. Ho otto anni.

Ora mamma è qui, e deve mettere le cimici. Sotto il tavolo, tra i libri, nel comodino, così ha consigliato l'investigatore. Non ha tempo di finire il giro della casa. Sale le scale per andare in camera di lui, anche quella è come l'ha lasciata. Il letto matrimoniale, dove lei non dormiva più da quindici anni, la poltrona, l'omino di legno dove lui la sera poggia la giacca perché non si sgualcisca. Il comodino. Indugia. Immagina lui che scopre le cimici, se l'è immaginato per l'intero viaggio Roma-Orbetello. Una visione che le si para davanti agli occhi contro la volontà. Lui che apre il comodino, e si accorge della cosa nel cassetto, e capisce. Lui che indovina chi è stato, può essere solo una persona. Lui che sparisce. Interrompe ogni rapporto con noi, non risponde più al telefono. E noi figli che piangiamo, vogliamo papà, ma niente, ormai è finita. Per colpa sua, della madre, sempre colpa sua.

Pensiero fugace annullato dal rancore, ripensa alle lettere anonime prima del matrimonio, ripensa al regalo strano, l'uccellino morto, qualcosa voleva dire, qualcuno la stava mettendo in guardia: fermati, le stava dicendo. No, non era invidia, come sosteneva papà, non era la cattiveria del paese, come spiegavano in ospedale, il Professore è molto in vista, e la gente invidiosa. Non era questo. L'uccellino non era una minaccia, ma una salvezza. Qualcuno cercava di salvarla, e lei non si è lasciata salvare.

Anche nella cabina armadio è tutto uguale, ancora i suoi vestiti da sera appesi. Non ha pensato a portarli a Roma, per dimenticanza o dispetto, perché ogni mattina, entrando lì e alzando lo sguardo, lui si ricordasse della ragazza che ha distrutto. La ragazza col vestito verde pisello che deve andare alla festa dell'Aeronautica, la ragazza sulla spiaggia del Pozzarello, i fari delle macchine che la illuminano a intermittenza, davanti il mare, e la linea di luce in fondo, remota galassia (cosa sono quelle luci? Orbetello, solo Orbetello).

Passato, respira respira, trapassato remoto. Distogliendo lo sguardo dal bordo del vestito verde che spunta dal cellophane, mamma si accorge della busta a terra. Manici legati da un nastro, scritta Fendi. Un regalo. Dagli angoli sbircia all'interno: una pelliccia. Visone. Il cuore fa un salto, il respiro si ferma.

C'è un'altra. Lei sa dei tradimenti, è sempre riuscita a capire addirittura le donne, con quali donne – la proprietaria del negozio di abbigliamento, la padrona del ristorante, la moglie dell'amico, l'agente immobiliare – se ne accorgeva dal modo di scherzare di lui, piccole confidenze che si prendeva, una mano sul braccio, un buffetto sulla guancia, eppure mai nessuna ha minacciato la sua posizione di moglie. Le donne andavano e venivano. Relazioni brevi, clandestine. La moglie rimaneva, tradita cornuta, ma sempre moglie. Fino a questa pelliccia, la prova che non è più così, le pare. È esattamente questa la fine, capisce di colpo. Niente più si può ricomporre, ragiona in confusione.

La pelliccia è la fine. Si accoccola per terra, le ginocchia al petto, le mani a coprire la faccia, e piange, come un'adolescente, come potrebbe piangere la figlia, io. Oggi lei è tutto: moglie, madre, figlia. Moglie, madre, figlia tradita. Concentrata sul dolore, non sente la porta al piano di sotto aprirsi, non sente i passi, non la vede neanche l'ombra che compare sopra di lei. Mia madre continua a piangere, asciugandosi gli occhi coi palmi delle mani.

Che ci fai qui? Risuona la voce.

Lei sussulta, alza lo sguardo, e lo vede, immenso, un gigante, gli occhi fissi, l'espressione del viso seria, così seria che lei arriva a pensare che potrebbe ammazzarla, ora l'ammazza, infatti bisbiglia: non farmi niente (quella voce stridula è la sua, quella voce bambina).

In sedici anni mio padre non ha mai alzato le mani su mia madre. Mai è stato violento. Anzi, a un certo punto non l'ha proprio toccata più. Tante volte lei avrebbe desiderato uno schiaffo, lo sfidava, gli si faceva sotto, che la picchiasse, e invece niente. Lui girava le spalle e se ne andava.

Non farmi male, mormora adesso mia madre tra le lacrime. Accucciata sul pavimento del guardaroba, non farmi male.

Quello che succede è rapido e inaspettato. Come il cambio scena di un film. Ora diluvia, e tu Francesca chiudi gli occhi, ora li riapri e non piove più, sei sotto un cielo di luce. E sei viva, tu sei viva, lui ti ha lasciato vivere. Lui che sorride e dice: sarai bischera. Lui che indicando la busta protesta bonariamente: hai rovinato la sorpresa.

Lei non reagisce. Forse non ha capito. Lo fissa smarrita.

La pelliccia, dice lui, era per te.

Invece di chiedere perché, che senso ha, lei riprende a piangere, stavolta commossa (o forse solo la sensazione di essere sopravvissuta per caso). Si alza, lo abbraccia, lui le dà una pacca sulla spalla, il suo modo, lei lo sa, lui non è espansivo.

Mamma apre la busta e tira fuori la pelliccia, com'è morbida, la cosa più bella che abbia avuto in vita sua, e chi se la sognava una pelliccia così, si toglie il giaccone, sotto pantaloni e scarpe basse, sembra una poveraccia, sa quanto lui odi la sua trascuratezza, allora s'infila veloce la pelliccia per coprirsi, e precisa: va immaginata con le scarpe alte. E si guarda allo specchio, mio dio, e si alza sulla punta dei piedi, che meraviglia, e adesso non vede sé stessa, vede la moglie del Professore, di nuovo. Tutto si aggiusta, tutto tornerà come prima.

È molto lunga, certo, le arriva ai piedi, va immaginata coi tacchi, ripete, cercando di alzarsi ancora di più sulle punte. Che visone fantastico.

Zibellino, corregge lui.

Mamma lo guarda attonita, uno zibellino Fendi, chissà quanto l'avrà pagato.

Quarantacinque milioni.

Non si dicono altro. Lei non chiede perché sia tornato a casa a quell'ora (qualcuno l'ha avvisato, ragionerà in seguito). Lui non chiede cosa sia venuta a fare, né la invita a rimanere. Si sono rappacificati, giusto? Ora lei potrebbe restare a Orbetello, passare la giornata con lui, o anche solo la notte, una notte. Perché hanno fatto pace, vero? Potrebbero prendersi un tempo tutto loro, come prima del matrimonio, come quando erano giovani.

Invece lui dice: torno in ospedale, e lei non ha il coraggio di chiedergli di restare. Ho una milza, spiega lui. Certo, lei. Chiudi tu? Domanda lui. Lei risponde sì, e rimane sola, lo zibellino addosso, adolescente bambina che ha provato di nascosto i vestiti della mamma.

Francesca Fabiani è un metro e cinquantotto. La pelliccia è per una donna di almeno un metro e settanta.

Sulla strada del ritorno è un vortice di gioia e dubbio: va bene, per più di un anno non le ha passato soldi dicendo di non averli, i debiti... poi spende quarantacinque milioni per una pelliccia, va bene, quei soldi poteva darli per i figli invece di costringerla a combattere un anno e mezzo, invece di portarla a vendere ogni cosa, fino a farle pensare di trovarsi un lavoro, segretaria, centralinista, commessa, la moglie del Professore fa la segretaria, ha minacciato sapendo di colpirlo nell'orgoglio. Passato. Adesso lei è qui, con la sua pelliccia. Va bene, lui ha mentito. Ma che importanza ha? Oggi ha capito, Renzo è così, oggi si ricompone tutto. Basta con sospetti, ricatti, basta con l'investigatore privato, la prima persona che chiamerà arriverà a casa, anzi, sai che fa? Si ferma sull'Aurelia e chiama dal telefono a gettoni, non può aspettare, deve comunicarlo subito. Al Cacciatore cambia gli spicci, e chiama: dottor Ponzi, finisce qui, non ho bisogno di sapere niente di mio marito, siamo tornati insieme. Ora si aspetta che l'uomo dall'altra parte le chieda se è proprio sicura della scelta, non sarebbe meglio arrivare in fondo? Si aspetta insomma un tentativo da parte sua di completare il lavoro ed essere pagato, tanto che lei è pronta a dirgli la pago lo stesso ma si fermi, anche questo pur di toglierselo di mezzo, e invece l'uomo, dopo averla ascoltata in silenzio, dice: sono felice, signora, suo marito non ha segreti. Cosa che rallegra mamma, che bello averne la conferma, grazie dottor Ponzi, tante grazie, però ci tengo a pagarle il lavoro, e Tom Ponzi dice no, signora Ciabatti, ci mancherebbe, va bene così. E lei ringrazia ancora quasi commossa, grazie dottor Ponzi,* grazie di cuore.

Il giorno dopo, al telefono, papà nei discorsi – noi, la scuola, progetti per l'estate – butta lì: ti sei fermata al Cacciatore ieri? Mamma risponde sì, si è fermata per chiamare casa. Concentrata sulla menzogna, non si domanda come faccia lui a saperlo.

Questo succederà il giorno dopo, per adesso mia madre si gode la gioia ritrovata, guida e piange, non vede l'ora di entrare in casa e darci la notizia: siamo tornati insieme. O forse no... meglio essere cauta, non affrettare i tempi. Dovessero litigare di nuovo, non può sottoporci alle montagne russe dei sentimenti, speranza delusione, speranza delusione. Abbiamo solo sedici anni... Per adesso se lo tiene per sé – decide – neanche a nonna lo dirà... a Fiorella invece sì, a Fiorella e zia Stefania, convocandole a casa di sera e comparendo davanti a loro con la pelliccia indosso.

Bella bellissima, commenta Fiorella. Forse un po' lunga.

La notte, nel letto, mamma non riesce a prendere sonno, troppa emozione. Si appisola, si risveglia... andrà tutto bene, torneranno insieme, noi rimarremo a Roma perché ci siamo ambientati, potrebbe raggiungerci lui, trovarsi una clinica dove operare... e si appisola ancora, per essere svegliata da una voce nel buio. Mamma.

Eh.

Posso venire nel tuo letto?

Lei alza la coperta per farmi entrare. In due nel lettino ci stiamo a malapena, ci abbracciamo.

Brutto sogno?

Sì.

Ora dormi, mi carezza.

Sempre l'uomo... dico, ma non è proprio un sogno, mamma, io sento davvero una persona sopra di me.

Mamma tace. Perché continuo a fare quel sogno? Ha paura a chiedermi altro, rimane in silenzio, mi stringe forte, mi culla, poi azzarda, quasi sottovoce: chi era?

Non lo so, mento io.

E mamma si rasserena, è solo un brutto sogno, mi stringe a sé, uno stupido sogno, bambina mia.

---

* Tom Ponzi (1921-1997): membro Ovra (polizia segreta dell'Italia fascista e della Repubblica Sociale Italiana). Nel 1948 fonda la sua agenzia di investigazioni. Lavora, fra gli altri, per Nelson Rockefeller, gli Agnelli, Enzo Ferrari, l'Aga Khan. Nei primi anni Settanta è coinvolto in uno scandalo giudiziario con l'accusa di aver pianificato una rete di intercettazioni non autorizzate ai danni della Montedison e di alcuni esponenti politici. Prima dell'arresto riesce a fuggire a Nizza, dove rimane sei anni. Tornato in patria, è assolto con formula piena. Gli viene però ritirata la licenza di investigatore. Intestando l'agenzia ai figli, Tom Ponzi riesce comunque a proseguire la sua attività.

12

Che cosa non va in questa figlia? Inquieta, agitata, aggressiva, ingrassa, dimagrisce, piange. Pretende le lenti a contatto azzurre, è il 1989, esiste solo un modello: settecentomila lire. Io le voglio, mi butto a terra, urlo che senza lenti non posso vivere, l'unica cosa al mondo che desidero sono le lenti azzurre, ti prego papà.

Lei è così, prova ad analizzare mamma, si fissa su qualcosa: l'orologio di Bulgari, il set di valigie Louis Vuitton, le lenti a contatto... E su questo riversa tutta la sua felicità: non averli significa infelicità. E noi cosa possiamo rispondere, Fiorella? Noi che ci siamo separati, che le abbiamo venduto la casa d'infanzia coi giocattoli dentro, noi che l'abbiamo portata a Roma?

Il ricatto funziona. Ogni volta che mi dispero, che alzo il tiro (voglio un pony, un collier di brillanti, una casa a Cortina come tutti), mamma e papà non litigano più, riflettono insieme, cercano di capire dove hanno sbagliato e soprattutto come si possono occupare di questa ragazzina disturbata.

Certe volte tra le lacrime grido: me ne vado. Prendo la valigia, la riempio di vestiti da sera, i miei meravigliosi vestiti, nient'altro, neanche mutande, e me ne vado.

Mamma mi guarda uscire dal portone, scendere gli scalini e incamminarmi sulla strada alberata fino alla curva, dove sparisco. Chissà se supero la sbarra, se esco su via Luciani, si tormenta, chissà se incontro qualche malintenzionato, chissà se qualcuno mi farà del male. Macché, lei lo sa benissimo che arrivo fino a piazza Euclide, solo piazza Euclide, cento metri oltre, il valigione trascinato a fatica, entro nel bar, mi siedo, e ordino pastarelle.

Venti minuti dopo sono di nuovo a casa. Ancora più furibonda di quando sono uscita, perché adesso si somma l'impotenza, l'impossibilità di portare a termine la minaccia, la consapevolezza di essere solo una bambina paurosa, rabbiosa, entro in camera sbattendo la porta e urlo vi odio.

Questa sono io adolescente. Un agitarsi di forze scomposte e disperate. Una protesta cieca contro qualcosa. Il mondo, la famiglia, me stessa? Sono grassa, mamma... Sono bassa... Sono sola, così sola, non voglio crescere, torniamo indietro tutti insieme, ti prego. Un attimo dopo rilancio, violenta: non lo capisci che il mondo fuori è pericoloso? Ora sono stata molestata da un gruppo di sconosciuti per strada, mi hanno seguita e picchiata, racconto piangendo, ora è un ragazzo di scuola che mi ha chiuso in bagno e minacciato con un coltello, ora un uomo incappucciato che ha tentato di rapirmi, con papà spaesato che chiede: come è possibile? Mentre mamma gli stringe un braccio, la vedo, e si rivolge a me con dolcezza: va bene, stai tranquilla, dice trattandomi da pazza. Lei lo sa, e io la odio per questo, lei sa bene che quell'adolescente agitata non ha nessun nemico, nessuno fuori che la voglia violentare, rapire, uccidere. Abbandonata come immondizia anche dai pedofili, quanto vorrei incontrare un pedofilo – dove sei pedofilo? Mi domando sconsolata – un pedofilo che s'innamori di me, e mi rapisca, e mi faccia del male, e poi chieda il riscatto: se volete rivedere vostra figlia, dovete pagare venti miliardi.

Papà pagherebbe? Il mio amatissimo padre darebbe venti miliardi per la sua bambina?

Ci sono momenti in cui se avessi ancora i miei giocattoli, uno a caso – la bambola parlante, la testolina di capelli, il coccodrillo – li stringerei forte al petto, per addormentarmi con loro, di colpo sollevata: vi ho ritrovato.

Invece mi addormento e nel buio arriva l'uomo che mi si stende sopra, mi soffoca, mi sta soffocando, tento di spostarlo, troppo pesante, lasciami andare, lui non si sposta, rimane sopra di me, mi schiaccia. Non importa chi sia, alcune volte lo so, altre no, alcune notti non ha volto, altre gli vedo la faccia, e prego: non farmi male, papà.

Quella Pasqua – 1990 – sono più agitata del solito. Sovreccitata, iperattiva. Siamo a Orbetello, con noi è venuta Eleonora. Io vorrei uscire ogni sera: non potete seppellirmi in casa! Urlo ai miei.

La mattina mi sveglio prestissimo: che si fa? Andiamo a Saturnia, chiamiamo Guido Maria e andiamo a Saturnia! Poi turbata: non voglio mettermi in costume... e di nuovo raggiante: rimaniamo vestite.

Sono le sette, biascica Eleonora dal letto.

Mi alzo, apro la finestra: tu non capisci, recito intensa, in un attimo è sera. Mi giro a guardare la mia amica: il tempo finisce, e noi non possiamo permettercelo.

Eleonora si mette il cuscino sulla faccia.

Non possiamo permettercelo, ripeto io.

Cosa non possiamo permetterci? Vorrei chiedere oggi alla ragazzina che sono io a diciassette anni. Quella ragazzina che si dibatte in una gabbia che è alternativamente camera sua, la casa, la città. Di cosa hai paura, Teresa? Siediti, chiudi gli occhi, e cerca di ricordare... cosa ti hanno fatto, cosa è successo l'anno che mamma dormiva?

Dipingiamo le uova! Urlo in cima alle scale. Compriamo uova e colori. Quest'anno vorrei donare regali pasquali a tutti gli amici, soprattutto a Guido Maria che amo senza essere riamata, ma in fondo: cos'è l'amore se non questo immenso strabordante sentimento a vuoto?

Mamma mi osserva, qualcosa non torna. Prende da parte Eleonora: dimmi che ha.

Niente, mi protegge Eleonora.

Per un'adolescente nulla è più pericoloso di un medico in casa. Così mia madre medico non mi perde d'occhio, ascolta le conversazioni, fin quando non sente Eleonora bisbigliare: non è che ti fanno male?

Aspetta che usciamo, poi sale in camera mia, fruga nei cassetti. E la trova, la causa dell'eccitazione, stato febbrile, improvvisa voglia di vivere tutto, ogni istante di questa esistenza meravigliosa (meravigliosa?), perché ho diciassette anni, urlo, e diciassette anni non tornano più!

In fondo al cassetto mia madre trova il motivo della mia alterazione: Wanna Marchi, c'è scritto sul barattolo di pillole.

Imbecille, sprovveduta, scriteriata – mi affronta – è amfetamina, pazza irresponsabile, c'è gente che non si è mai ripresa, droga, questa è droga vera che altera il sistema nervoso, altro che dimagrire. Non dirlo a papà, imploro. Giuro che le butto, vado al bagno con il barattolino, la mano alzata sul cesso, pronta a rovesciare le pillole e a tirare lo sciacquone, chissenefrega che ho speso quasi tutti i miei risparmi, chissenefrega che stavo dimagrendo, guarda mamma, le butto. Indugio. Perché, accidenti, mi stavano facendo bene, mi sentivo diversa, sentivo che c'era una speranza anche per me. Ora le butto, ripeto, le sto per buttare.

Lei però è più rapida, e me le strappa di mano. Stavolta è una cosa troppo grave che non può tacere a papà, e se sto male, e se muoio? Papà deve sapere.

Io la fisso: diglielo, e non mi vedete mai più. Lottiamo, cerco di riprendermi il barattolino, ridammelo, gomitate, calci, la spingo al muro, lei mi torce un braccio, ahia stronza, le blocco i polsi, prova a muoverti, lei si agita senza riuscire a liberarsi, sono più forte io, e più alta, quando è successo che sono diventata più alta di mia madre? Quattro, cinque centimetri in più, e da quassù posso farle male, voglio farle male, conosco il suo corpo a memoria, i punti deboli: la cervicale, le braccia esili, l'anca dolorante, la sinistra, e le gambe. Le gambe bellissime. Quante volte nell'anno che dormivi, mamma, io e Gianni siamo sgattaiolati nella tua stanza e siamo saliti sul tuo letto, e ti abbiamo toccata, carezzata, scossa – svegliati! – quante volte, arresi perché tu gli occhi proprio non li aprivi, ci siamo accoccolati su di te e ti abbiamo studiata: naso, bocca, collo – ti esploravamo – braccia, seno, pancia. Gambe. Gambe bellissime. Oggi tu sei di nuovo sotto di me, stavolta sveglia – finalmente sveglia! –, e se voglio io ti faccio male.

Non ti azzardare a dirglielo, minaccio, il mio viso vicinissimo al suo. Lei mi spinge lontana, ce la fa, ha trovato le forze. Pazza drogata, dice uscendo dalla stanza.

Per due giorni papà non mi rivolge parola, dimostrazione che mia madre ha parlato. Forse però sono salva, se non si è arrabbiato subito...

Mi adora, dico trionfante a Eleonora.

Invece: pranzo di Pasqua, ristorante, amici e famiglia, papà a capotavola, quanta allegria... Quel giorno, a metà pranzo, dall'altra parte del tavolo mio padre mi fissa e d'un tratto, nel silenzio generale, dice che sono una cretina, che se voglio dimagrire devo smettere di mangiare invece di comprare droga. Droga a diciassette anni, ma ora ci pensa lui a far analizzare le pillole, così poi parte una bella denuncia a me e a chi me l'ha date, droga a una minorenne, spaccio, come conferma Ilario Martella, giudice, seduto alla sua destra.

Mi ribello: non è droga, ho parlato con Wanna Marchi in persona, papà, parlaci anche tu, è tanto gentile.

13

È una Pasqua fredda, questa del 1990. Altre Pasque si poteva fare il bagno. Questa no. I primi giorni di vacanza ha piovuto, e ora un vento dal nord (tramontana, papi?) raggela laguna e mare. Mamma accende il riscaldamento, che papà, tornato dall'ospedale, si affretta a spegnere (questo vizio di buttare quattrini dalla finestra!). Mamma protesta: che figura ci fai fare con Eleonora.

Eleonora, si lamenta papà, capirai chi è.

Mamma si arrende. Ma appena papà va al lavoro riaccende il riscaldamento fino al primo pomeriggio. La sera lui nemmeno se ne accorge. Sprofonda nella poltrona davanti alla tv.

Papi, possiamo guardare un secondo una cosa noi?

No.

Di nascosto, mamma compra un piccolo televisore che ci sistema in camera, tenete il volume basso, si raccomanda. Mettiamo MTV e balliamo sui letti. Capelli sciolti e gonne tirate su fino alle mutande, gonne che fuori, con queste cosce, non ci potremo mai permettere, né io, né Eleonora. Ma ora siamo qui, in camera mia, chiuse a chiave, libere libere, e leggere.

Il giorno di Pasqua andiamo a pranzo al Cantuccio. Da quando ci siamo trasferiti a Roma, papà è lì tutte le sere. La domenica anche a pranzo. Conto aperto. La seconda casa del Professore, si pavoneggia il proprietario in paese, è sotto casa, mi viene comodo, dice mio padre ai medici che ogni mattina nella stanza antistante la sala operatoria lo ascoltano in circolo, tutti a fumare, qualcuno che risale dal CRAL col caffè in mano, prenda Professore, attenzione che è bollente.

Sembra passato un secolo, e invece non è cambiato niente. Anche le Coca-Cola nel minifrigo. Apri lo sportelletto, e trovi venti lattine ben allineate, vietato toccare, sono del Professore, ne beve una prima di ogni operazione. Tutto uguale. La sensazione che qui, senza di noi, ogni cosa è andata avanti come prima. Come quando muore qualcuno – tuo padre, tua madre – e la mattina i soliti rumori della strada ti svegliano, la vita prosegue, solo la tua si è inceppata.

Contiamoci, dice mamma, noi più Eleonora cinque, la figlia dei Martella viene? No. Dunque, cinque più i Martella, sette, più zia Ambra e zio Giorgio, nove, più Salvo Bruno e moglie, undici. Si sono separati. Oh, mi dispiace, allora dieci. Dieci più i Boero.

Boero è all'estero.

Dieci, siamo dieci.

Se da una parte protesto – neanche stavolta incontrerò Erica Boero, non è giusto – dall'altra gioisco di poter presentare a Eleonora zia Ambra, la zia più elegante, la mamma che vorrei. Da quando siamo a Roma non faccio che dire a mia madre: comprati un tailleur, delle scarpe col tacco, anche solo una collana di perle – a volte piangendo – una pelliccia, un visone. Il regalo di papà, lo zibellino Fendi, è stato un regalo anche per me. Ero così felice quando l'ho visto, tanto che me lo sono provato pure io, sopra il pigiama rosa, dio com'è bello, stupendo, squittivo su e giù per casa, ora sei una mamma perfetta, dicevo, come tutte le altre. Una di fronte all'altra, la madre pantaloni e camicia, la figlia pelliccia e pigiama. La figlia che nella testa si ripete io non sarò mai come te.

Il mio ideale di mamma è zia Ambra. I vestiti, e i gioielli! Quando muoio ti lascio tutto, promette. Io l'abbraccio forte, grazie zia del mio cuore, grazie grazie meravigliosa donna che vorrei essere io da grande. Nonché il primo adulto che io abbia visto nudo. Mamma a pezzi, papà mai. Zia Ambra sì, completamente nuda.

Un'estate al Pozzarello, in camera da letto, zia dice a mamma: guardale, sono venute benissimo.

Si sfila vestito, reggiseno, non porta mutandine. Si prende il seno tra le mani, la cicatrice non si vede neanche, alza il petto per mostrare a mamma la striscia rossa che dal capezzolo scende all'attaccatura. Mi sento un'altra, sospira. Prima erano troppo grosse, se le carezza. Mi è cambiata la silhouette, girando su sé stessa, vero?

Davanti a me bambina che ricorderò per sempre questo momento, un momento che di anno in anno prenderà un significato diverso: iniziazione, condivisione, esibizione, incesto. Ma lo capirò più avanti, molto più avanti.

Adesso invece, appena arriva, la prendo per mano e la porto da Eleonora. Eleonora, dico solenne, ti presento mia zia.

Andava tenuto fuori Occhetto, sentenzia Salvo Bruno, dando avvio a una conversazione politica nella quale papà sostiene che la rovina è iniziata coi sindacati, un giorno si alza un infermiere che parla a nome del sindacato e gli si rivolge direttamente, lei, Professore... dice proprio così. Sai che ha fatto lui? Si è alzato e se n'è andato, con i medici che lo rincorrevano, Professore Professore... Professore 'na sega... la fine dell'Italia. La distruzione delle gerarchie, la mania dell'essere tutti uguali.

Non è con i voti comunisti che cresce Craxi, dice Salvo Bruno.

L'amico tuo, dice papà a zia Ambra.

Oh, si schermisce lei, l'ho visto una volta sola, lo sai.

Mamma s'irrigidisce. Perché papà dovrebbe sapere che Ambra ha conosciuto Bettino Craxi? Be', certo, lei vanitosa, ciarliera, si sarà attaccata al telefono per dare ad amici e conoscenti la notizia: ho incontrato Craxi.

Andreotti non riesce più a contenerlo, prosegue la discussione Ilario Martella. Sta male, ha il diabete, papà.

Chi? Chiede Salvo Bruno.

Craxi, dice papà. Con quel tipo di diabete hai una prospettiva di vita di due tre anni.

Dall'altro lato del tavolo il discorso volge su temi diversi: lo chiami – ordino a Eleonora – lo chiami e gli dici: Guido Maria, sono Eleonora, l'amica di Teresa, purtroppo Teresa ha tentato il suicidio. Che senso ha? Protesta lei. Così si preoccupa, dico.

Arriva Aldo per le ordinazioni: Professore, signora Francesca, Teresa, Gianni, signora Ambra... l'unica oltre alla nostra famiglia che Aldo chiama per nome. Mamma prova fastidio. Perché Aldo la chiama per nome, e invece non nomina Giorgio? Ambra è venuta qui, è venuta a cena qui senza Giorgio... qualche volta, tante volte...

Aldo recita il menu. Silenzio, si rivolge papà a noi che dall'altro lato del tavolo discutiamo ancora di suicidio.

Teresa, dice zia Ambra, tu prendi un'insalatina come zia.

Torna il fastidio per mamma... o forse i soliti fantasmi, lei vede cose che non ci sono, le ripete sempre papà, tu vedi cose che non ci sono... Potrebbe aver ragione, il dubbio che avesse ragione lui l'ha macerata negli anni. Si rianima, no, non ha ragione lui, e comunque non è Ambra a dover dire a me cosa mangiare. Oh, replica allora mamma, Teresa prende quello che vuole.

Zia Ambra tace. Lei è una signora, non si mette a battibeccare, figuriamoci su un argomento tanto stupido, non fosse altro per una questione di decoro, lei ignora, sussurra, bisbiglia come ora con papà. Zia Ambra si avvicina all'orecchio di papà e gli sussurra qualcosa, lui alza le spalle, come a dire lascia stare.

No, non sono fantasmi, Francesca Fabiani, pensa mia madre, esistono cose, relazioni... corre il pensiero, forse il delirio, tutto torna, anche la disposizione a tavola. Perché zia Ambra siede di fianco a papà? Di fronte a Ilario Martella? Galoppa il pensiero. Ilario Martella che l'ha salutata con un baciamano, carissima Ambra. Si danno del tu, riflette solo ora mamma, il pensiero scalpita, dettagli che nota a ritroso. Dove si sono conosciuti? Non con loro, non con lei. Ne è sicura. Quando non riesce a collocare un evento lo mette nell'anno della cura del sonno. Di sicuro è successo allora, quell'anno può essere successo tutto... Ma quell'anno papà non conosceva ancora Ilario. Perché oggi Ambra siede alla sua sinistra come una regina? Mamma torna a guardare papà, poi Ambra. Ambra elegante, bionda, altissima, uno e settantacinque. Uno e settantacinque. Collega, immagina, proietta. Quella volta che, quell'altra volta, e l'orologio, e la pelliccia... Dubbi, spettri, coincidenze. Cerca d'incrociare i loro sguardi, ecco che si guardano, traditori, ecco che lui le dice davanti a tutti: non fare la strulla, Ambra. Respira, Francesca Fabiani. Ragiona, tenta di tornare calma. Pasqua, famiglia riunita, qualche amico... respira, allontana i fantasmi, riporta la testa qui, a questa tavola.

Zia Ambra mette una mano sul braccio di papà... Renzo e Ambra, suo marito e la sua amica, una delle più care, zia Ambra, come la chiamiamo noi, zia Ambra, le risuona in testa la mia voce bambina, se mamma e papà muoiono, posso venire a vivere con te?

Ora, proprio qui, mamma vorrebbe prendere da parte la stronza, prima lei, dopo lui, prenderla da parte e dirle che ha scelto male, lui è un uomo cattivo, pieno di donne, altre donne, non credesse di essere l'unica, e non solo donne, perché le lettere anonime, le voci di paese... lui va anche con gli uomini, o forse solo con gli uomini. Lui è frocio, vorrebbe dirle con aria di trionfo, perché da sempre la gente lo insinua, lei non ha prove concrete, ma potrebbe essere, ci ha riflettuto tanto – l'équipe fatta solo di giovani aitanti –, potrebbe essere tutto, frocio pedofilo assassino. E adesso lei vorrebbe prendere da parte Ambra per rovesciarle addosso lo schifo, se ne facesse carico lei di dubbi, sospetti, fantasmi, glieli regala, ecco, vorrebbe consegnarle il peso, evitando il risentimento, ma sa che non ce la farebbe, finirebbe per rinfacciarle che è una traditrice, ha tradito prima di tutto noi che la chiamiamo zia, e l'amicizia, da quanto sono amiche loro, venti, ventidue anni, quanto tempo è passato da quella notte in cui l'ha tirata fuori dalla vasca, le ha tamponato le ferite, l'ha salvata? Vorrebbe che Ambra fosse ancora la ragazzona di quella notte, invece è cambiata, è diventata una donna furba, una donna che ruba i mariti delle amiche, alla fine glielo direbbe, ne è certa, non riuscirebbe a trattenersi, alla fine le scoppierebbe a piangere davanti chiedendole perché, dimmi solo perché.

Lo chiederebbe – si conosce purtroppo – non con tono di accusa, bensì di rimpianto, quasi una supplica. In questi anni, dalla vasca da bagno insanguinata, le posizioni si sono invertite, e quindi oggi mia madre direbbe Ambra, amica mia, direbbe mite, remissiva, pronta a rifugiarsi nelle sue braccia, nelle braccia della donna forte, a fingere che niente è successo, purché lei, l'amica esperta e bella, l'aiuti a uscire dall'incubo, la salvi.

Dunque mia madre non fa niente. Rimane seduta in silenzio. Trattiene il pianto, sorride a me, Gianni ed Eleonora, cerca di concentrarsi su questa giovinezza innocente, questa giovinezza che è anche merito suo, se non fosse che papà inquina di colpo l'atmosfera: sei una cretina, si rivolge a me. Parla davanti a tutti delle mie pillole, dice che se voglio dimagrire devo smettere di mangiare, invece di drogarmi. Droga a diciassette anni, ma ora ci pensa lui a farle analizzare, così poi parte una bella denuncia a me e a chi me le ha date, droga a una minorenne, spaccio, come conferma Ilario Martella, spaccio di droga. Non è droga, controbatto io, ho parlato con Wanna Marchi in persona, papà, parlaci anche tu, è tanto gentile.

Mi trema la voce, sono sul punto di mettermi a piangere. Lui continua: una cretina pazza. Interviene zia Ambra, queste cose non si fanno, dice, devo starci attenta, e papà minaccia che d'ora in poi ci pensa lui, basta, la bella vita è finita, s'infervora, calmati, Renzo, gli mette una mano sulla spalla zia Ambra, Teresa ha capito, e promette di non farlo più, vero Teresa?

In questo istante, l'istante in cui i ruoli si sovrappongono, e non si capisce bene chi sia madre di chi, e moglie, e zia, e amica, in questo preciso istante si erge la madre. Francesca Fabiani scatta in piedi, gli occhi fissi su mio padre, e dice: lasciate in pace mia figlia, non ha fatto male a nessuno, forse qui c'è qualcun altro che dovrebbe farsi un esame di coscienza, dice tutto d'un fiato, trattenendo rabbia, sgomento, sconforto e anche tante, tantissime altre parole: non come questi ragazzi – vorrebbe aggiungere – non come questi giovani – vorrebbe gridare – non come questi innocenti che non vedono le cose – vorrebbe gridare e gridare – come lei che ha dormito per un anno, e non si è risvegliata fino a oggi.

Noi avevamo sei anni. Si è addormentata che avevamo sei anni, tre denti caduti, si è risvegliata che ne avevamo sette, quattro denti nuovi io, tre Gianni.

Ha perso la recita di fine anno e il saggio di danza. Le prime frasi sul quaderno: il gatto insegue il topo. I voti (ho preso ottimo!). Ha perso la medaglia d'oro di Gianni, campione di tennis. Le mie scarpe di vernice, i capelli tagliati, le gambe intrecciate sotto le coperte, i desideri, vogliamo un pesce rosso. Ha perso l'entrata a scuola, e l'uscita. Per noi, tra le mamme in attesa, nonna e Nino, a volte solo Nino che ci aspetta in macchina. Ha perso me che nel corridoio di scuola inciampo e cado di faccia sul termosifone, solo un piccolo taglietto, esce molto sangue però, e chiamo mamma, voglio la mia mamma, e alla fine arriva Nino, sempre Nino, che mi porta in ospedale – voglio andare dalla mia mamma, piango io – e mi sistema nella stanza prima della sala operatoria, papà sta finendo di operare, con medici e infermieri che, dopo avermi disinfettato, mi coccolano, nonostante io continui – voglio andare dalla mia mamma – e mi consolano, guarda che ti diamo, Teresa, una Coca-Cola di papà, te la sei meritata, e io allora chiudo gli occhi e urlo fortissimo: voglio mamma.

Addormentata nel 1978, mia madre si sveglia nel 1979. Dalla finestra oblò il cielo chiarissimo, primavera. Mamma, mamma! Le saltiamo addosso. Guarda, mami, i denti nuovi, tre, e i capelli lunghissimi, e i quaderni di scuola. E le scarpe di vernice, e la cicatrice sulla fronte – l'abbracciamo – e la medaglia d'oro! Io ho fatto la pallina di neve, mami – la stringiamo forte – guarda la foto, e le pagelle, sai cosa vorremmo noi, mamma? Un pesce rosso, ti prego...

Lei c'interrompe. Ci scosta per guardarci bene. Come siete grandi, dice, le viene da piangere. Vi siete fatti grandi.

Parte quarta

I SOPRAVVISSUTI

Mi chiamo Teresa Ciabatti, ho quarantaquattro anni, mio padre è morto da ventisei, mia madre da quattro.

Mio fratello gemello mi evita, tu per me non sei una sorella, dice, hai sempre pensato solo a te stessa. Mi considera una squilibrata, e forse lo sono: agitata, sospettosa, inquieta, anaffettiva, mai andata sulla tomba dei miei genitori (l'ho detto?), interrotti i rapporti con il resto della famiglia, senza litigi, semplicemente per mancanza di cura. Egoista, superficiale, asociale.

In quattro anni non ho mai accompagnato mia figlia a scuola, solo una volta, quando la tata è andata in Moldavia, e il padre non era a Roma. Solo quella mattina mi sono alzata, ho preparato la colazione, l'ho vestita e, mano nella mano, l'ho portata all'asilo con la maestra che ci accoglieva: ah, finalmente conosciamo la mamma di Agata. E mia figlia, strusciandosi su di me: lei è la mia mamma bellissima.

Sono una donna impegnata, maestra, vorrei dire, una scrittrice, quante scrittrici conosce lei nella vita? Ecco perché non accompagno la bambina a scuola. Per il resto del tempo la piccola è con me, potrei mentire, tacendo le volte che non la porto a danza, o da un'amichetta. Ci sono sempre, potrei rivendicare, non ammettendo che mai in una giornata di sole sono andata a Villa Borghese, ho steso la coperta da picnic sull'erba, aperto il cestino, e detto: vuoi andare sull'altalena, amore?

Qualcosa nella mia vita è andato storto. Non solo nel rapporto con mia figlia e mio fratello.

Vai in analisi, qualcuno mi consiglia. Ma che ne sapete voi, maligni, umanità giudicante, io so chi sono, posso elencare le mie paure una per una, paura del vuoto, paura dei ragni...

Per esempio: il giorno del mio matrimonio, guardando mio fratello che si allontana tra la folla – non può trattenersi oltre – io non gli corro dietro, non lo prendo per un braccio e non dico: ora tu rimani, io voglio che rimani, per favore.

Io resto a guardarlo sparire, ferma sul prato, unica Ciabatti al mio matrimonio, unica e sola. Inadeguata, sciatta, grassa.

Non so prendermi cura di nessuno, ho iniziali slanci di sentimento che subito muoiono lasciando le persone spiazzate: che ti ho fatto?

Incapace di coltivare amore, di costruire rapporti di fiducia – prima o poi tradisco – non sopporto le opinioni altrui, né la presenza costante, non riesco a stabilire continuità negli affetti come nelle intenzioni, non voglio riconoscenza da parte di nessuno.

Non ho bisogno di analisi, io. Mi conosco così bene che so il modo di evitare la sofferenza. A ridosso di un dolore, distolgo la mente.

Prima di dormire immagino le case che potrei comprare, ville, conventi, manieri, o come ristrutturare quelle che già possiedo, abusi: ampliare il terrazzo, aprire finestre, realizzare una piccola piscina vista Pantheon. E sapete perché? Perché i miei genitori sono morti, e io non ho più nessuno che mi dica non si fa. Sono libera, completamente libera, finalmente libera. Dispongo di me, e dei miei soldi. Voglio farmi una liposuzione?

Libera di scegliere la vita che preferisco, se praticare sport (no, cari mamma e papà che mi avete costretta a nuotare e sciare!), libera di fare la scrittrice a tempo pieno senza nessuno che mi dica che non è un mestiere, almeno al mio livello. Il mio livello sono quattro romanzi di nessun successo e sei film, tre dei quali mi rifiuto di metterli nel curriculum, ma tu hai scritto ***? Un'omonima. Reddito annuale variabile dagli ottomila ai trentamila euro. Se mi guardo indietro, se guardo alla bambina che piroettava sul palco del

Supercinema – filosofo, attrice, ministro – posso dire di aver fallito. Sono una fallita di mezza età con una prospettiva di successo che diminuisce di anno in anno, ce la farò – a trentun anni – ho ancora qualche possibilità – mi rincuoro a quaranta – non ce la farò mai – mi arrendo a quarantaquattro, riscopritemi postuma.

E questa fallita di mezza età oggi pensa che la colpa sia loro: dei genitori. Colpa loro se sono una madre inadeguata, se non parlo con mio fratello. Se Gianni mi chiede: dove sono finiti i gioielli di mamma, e i lingotti d'oro, e i soldi in Svizzera? Arrivando ad accusarmi: li hai rubati tu.

Dopo la morte di nostra madre, sono stata io a svuotare la casa, certa di risparmiare sofferenza a Gianni, un giorno mi ringrazierà, sono stata io a buttare vestiti, vecchie bollette, ad accantonare documenti con l'impegno che un giorno li avrei guardati, ora no, è stata questa ragazza disorientata a ordinare foto, riporre oggetti, incartare quintali di argenteria, è stata questa orfana fragilissima, a tratti in lacrime, a tratti no, a pensare: quanto era ossessiva mamma, dio, non buttava niente.

Grazie a lei oggi posso ricostruire la storia della mia famiglia, incluso lo stato di salute: l'aorta ostruita di mio padre, l'angina pectoris di mia madre, le tonsille di Gianni, la cisti ovarica mia.

Da acquisti e vendite di immobili capisco il mutare dei sentimenti di mio padre: prima la voglia di mettere radici, accumulare per i figli, poi l'odio. La dissipazione e, anno dopo anno, la distruzione sistematica del patrimonio che porta al foglio che trovo solo oggi (fra i documenti accantonati, appunto): atto di successione di Lorenzo Ciabatti. Vedi, Gianni? Papà non ha lasciato quasi niente a noi, scopro dopo ventisei anni. A parte due case, un palazzo, e due società, ci sono sette conti correnti, cinque in Italia, due in Canada: svuotati. Del conto in Svizzera, nessuna traccia.

Appena mio padre è morto qualcuno è andato in ospedale a ripulire lo studio. Spariti documenti, carte, lingotti d'oro, soldi (a volte il Professore apriva a metà il cassetto della scrivania fingendo di cercare qualcosa, in modo che chi gli stava davanti vedesse le mazzette di soldi. Dieci quindici venti milioni). Sparite foto, lettere, sparito l'anello con zaffiro, dov'è l'anello di mio padre?

La successione di Lorenzo Ciabatti è la prova che io non mi sono appropriata di niente, non ho agito di nascosto, non ho ingannato nessuno, rivendico. Guarda qui, sfido Gianni, pretendendo le scuse, chiedimi scusa. E mentre io assurgo al ruolo di donna onesta, forse santa, non mi accorgo, non me ne preoccupo proprio, di rinascere sulle ceneri di mio padre. È lui che ci ha sottratto il nostro, lui che ci ha ingannati.

Chi era papà, Gianni? Chi era quest'uomo che ha deciso di toglierci tutto? Sale la rabbia. A chi ha lasciato il patrimonio? Io voglio sapere.

Mi chiamo Teresa Ciabatti, ho quarantaquattro anni e voglio sapere chi era mio padre.

Mi chiamo Teresa Ciabatti e mi giro e rigiro nel letto. Mi addormento, e mi risveglio, il pensiero che i miei genitori avrebbero potuto lasciarmi di più, molto di più. Conto quello che ho perso, e mi prende l'ira: sarei potuta essere miliardaria, super miliardaria, ma mio padre non ha voluto, è stata una scelta precisa. E dunque la notte a volte io elenco quello che avrei potuto avere: casa al mare con piscina, torre del Trecento – mi rigiro, dormo da sola, non so dormire con altri – palazzi a Grosseto, dalle carte ritrovate ne conto venticinque, venticinque palazzi a Grosseto, più un grattacielo, avrei potuto avere anche un grattacielo (a Grosseto, va bene). E terreni tra Manciano e Orbetello, quattrocento cinquecento ettari, e lotti di terreni edificabili a Los Angeles (nelle carte ritrovo anche questo), e un appartamento a New York, e dieci appartamenti a Roma, e gioielli (tutti i gioielli che ha venduto mamma...), e lingotti d'oro, e conto in Svizzera, e società petrolifera, giacimenti (giacimenti? Non ne sono sicurissima). Come posso addormentarmi con questo lunghissimo elenco di cose perdute? Mi rigiro, e non dormo.

La mia ricerca inizia troppo tardi, quando non è rimasto nessuno a potermi raccontare di mio padre. Morti Umberto Ciabatti, Dante Ciabatti, Malvina Ciabatti, Giordana Ciabatti. Morto Claudio Boero, Giulio Maceratini irrintracciabile, morto zio Giorgio, zia Ambra non parla del passato. E se Fiorella e zia Stefania vivono ancora, mi sono di pochissimo aiuto. Mamma ti ha mai detto che papà era massone? Ti ha raccontato di quando è stato rapito? Che ti diceva di lui?

Lei si è tenuta tutto per sé, ricostruendo nella mente un marito perfetto, che l'amava, quanto l'amava, loro si amavano, e a quest'amore lei è rimasta devota l'intera vita, nemmeno morte vi separerà... Il giorno della sepoltura, la bara appena calata, spunta Nino: fermi, io mi ricordo che la dottoressa all'epoca comprò la tomba doppia.

Ha ragione. Tira fuori la bara, trasportala dall'altra parte del cimitero, di fronte alla laguna, smantella la tomba di lui, cala la bara di lei, ricopri di terra, mura. Cambia lapide: Lorenzo Ciabatti (1928-1990) – Francesca Fabiani (1939-2012). Nessuna foto.

A potermi dire di mio padre sono rimasti i cugini, i figli di Dante e Umberto, e qualche medico in pensione. Generoso, buono, dicono, la povera gente che ha operato. Un santo, ripetono. Il Professore alzava il telefono, dice un ortopedico, e il mondo intero si muoveva. Ti ricordi le lenti a contatto azzurre? – sempre l'ortopedico – andai a comprarle io. Il Professore venne in ospedale: ora vuole le lenti azzurre... E noi: Professore, è una ragazzina.

Già, perché lui aveva l'abitudine di non comprare direttamente. Apriva il cassetto, due tre banconote dalle mazzette, e mandava i *suoi*.

Ogni suo regalo è stato comprato da qualcun altro. Anche l'ultima volta, io che lo chiamo in ospedale: mi compri gli assorbenti?

Io non compro questa roba.

Perché.

Non posso.

Senti, io sono qui, in questa cazzo di casa al mare isolata dal mondo, e ho bisogno di assorbenti.

La sera sul tavolo trovo la confezione di assorbenti. E mi sento forte, potente. Ho ridotto il Professore a ordinare a un sottoposto: vammi a comprare gli assorbenti per mia figlia.

Una specie di vittoria, oggi lo capisco. Il resto è confuso, non torna niente, rimangono buchi. E mia madre? Quanto sapeva di lui? Sapeva e fingeva di non sapere? Una sera entro in camera senza bussare, in mano il libro sulla P2: ma papà era della P2?

Assolutamente no, risponde lei, tirandosi su nel letto. Tuo padre era una persona perbene.

Le mostro le pagine, il capitolo su Dante Ciabatti, la lista finale. L'elenco di nomi. Quasi tutti passati per casa nostra, la mia memoria ossessiva, mamma. Me li ricordo uno per uno. Sicura che non era della P2?

Sì. E dopo un attimo di silenzio, sommessamente: non credo.

Chi era davvero Lorenzo Ciabatti?

Smetto di lavorare, esiste solo scoprire chi era mio padre. Tuo padre ha ucciso? Mi ha chiesto qualcuno. Di sicuro nel primo cassetto del comò c'era una pistola, io bambina l'ho vista, presa, e rimessa laggiù tra mutande e calzini. Per esempio: che fine ha fatto la pistola? Indago, ricordo, collego. Forse invento. A questo punto tutto si confonde. Ricordi e suggestioni. Licio Gelli, io ho conosciuto Licio Gelli, anche se non è rimasto nessuno a poterlo confermare. Me lo ricordo a casa mia, e nella villa a Port'Ercole con la Ferrari gialla nel parcheggio. Ferrari gialla, un dettaglio che pochi possono conoscere. O no? Mio padre mi portava con sé, che vuoi che capiscano i bambini...

Ero il suo alibi per mamma: lui non andava da altre donne. O alibi per qualcun altro: c'è una bambina. Agli incontri c'è sempre una bambina (ed ero io, signori! Io in carne e ossa, innocente, sperduta, che assistevo alla Storia d'Italia, credo...). Mentre gli uomini parlano nei patii, la bambina va a vedere la piscina, l'altalena, guarda

Teresa, c'è un mini parco giochi! La guida una signora nel giardino della villa con la Ferrari gialla.

Dove sono i bambini? Chiede Teresa senza smettere di saltare su quella cosa che non ha mai visto prima.

Quali bambini.

Mamma, ho volato! Strillo tornando a casa, gli occhi scintillanti, le guance rosse dall'emozione: mamma, mamma, ho volato!

Mia madre fissa mio padre: dove l'hai portata?

Ecco la bambina saltare sul tappeto elastico nel giardino della villa di Port'Ercole, rimbalzare in aria, eccola arrivare alle cime degli alberi, alzare le braccia al cielo, si può toccare il cielo, qui tutto è possibile, in questo mondo per me tutto è possibile.

Mi chiamo Teresa Ciabatti, ho quarantaquattro anni, e scopro chi era davvero mio padre: massone, gran maestro della Loggia di Firenze, prescelto a vent'anni dalla massoneria di Siena per stringere rapporti col potere americano, da cui gli anni a New York e la specializzazione. Uomo senza scrupoli, ateo, bugiardo, fascista.

Oggi avrebbe ottantotto anni.

Non mi basta, voglio sapere di più, io voglio sapere tutto di lui: chi l'ha rapito per un giorno, perché conosceva Robert Wood Johnson II, in che rapporti era con Licio Gelli, da dove venivano i lingotti d'oro, ha usato la pistola nel cassetto? Tuo padre ha mai ucciso?

Diventa la mia ossessione.

Allontano amici e parenti. Non mi sento capita, mi credono mitomane (lo sono?), cosa ne sanno loro, cosa ne sapete voi, inizio a odiare tutti. Ingrasso, vorrei farmi una liposuzione.

In quanti giorni la ricerca di documenti è diventata altro? Rintraccio medici ancora in vita, qualcuno mi dirà qualcosa di mio padre, che uomo era. Voglio sapere il male che ha fatto, ne deve aver fatto anche a noi, soprattutto a noi, Gianni, piango al telefono, magari l'anno in cui mamma dormiva. Gianni sbuffa.

Non basta avergli dimostrato che non ho rubato, che nostro padre era uno stronzo, che noi, fratello e sorella, abbiamo subito gli stessi torti. Gianni mi dice che non gli interessano le mie farnetica-zioni, non gli interessa il passato, anzi: posso smettere di chiamar-lo, per favore? Forse è arrivato il momento di interrompere i rap-porti, un po' di respiro.

Proseguo le ricerche, scopro nuovi dettagli: nel 1980 mio padre rice-ve in ospedale la visita di un uomo misterioso – qualcuno dice Raf-faele Cutolo –, i due si chiudono nello studio, dove rimangono per circa tre ore. Nel 1982 è ospite di Ronald Reagan alla Casa Bianca.

Mi confido con un amico. Perché devi essere sempre così eccessi-va? Domanda lui. Tronco il rapporto. Odio i miei amici, gente me-diocre. Io sono migliore.

Chi è migliore? Colui che sopravvive al dolore, e io lo sono, io sono qui, sopravvissuta al buio del passato (era così buio?), al gor-go di un'infanzia infelice (ma poi: era così infelice? Sii onesta, Te-resa Ciabatti...). Io sono una sopravvissuta, e voi no.

L'ultima volta che vedo i miei amici è alla festa di un bambino. Loro, tutte le persone che non mi credono, che mi pensano squili-brata, sopra le righe, primo fra tutti mio fratello che anche se non è qui è come se ci fosse, generale del plotone che mi crede pazza. Ma io non sono pazza.

Oggi nel vostro giardino, amici, vi guardo incitare i vostri figli a seguire l'animatore, c'è questo animatore mago incredibile, il più richiesto di Roma, imprevedibile, sorprende i bambini che dopo anni di feste non si sorprendono più. Forza, ragazzi! Prendete il fazzoletto, correte, vincete!

E io in questo giardino mi sento estranea, disinteressata al pre-sente, figurarsi al futuro, aliena, passata. O forse no. No so bene neanche io cosa sono, qualcosa meno di loro, qualcosa meno di un adulto, non cucino, non guido, non so pagare una bolletta alla po-sta, non so che numero di scarpe porti mia figlia. Un'inetta. Quan-do è morta mia madre non sapevo chi chiamare – 118? Pompe Fu-nebri? –, ho chiamato Michele del bar.

Cosa so fare io? Cosa sono in grado di svolgere da sola? Di sicuro non sarei stata in grado di occuparmi dei miei. I miei genitori non sono morti dopo lunghe malattie, non hanno richiesto attenzioni, essere lavati in un letto d'ospedale, aiutati a orinare e defecare, padella, pappagallo, non hanno avuto bisogno di qualcuno che cambiasse loro pannoloni, li prendesse tra le braccia – di colpo così rimpiccioliti – per sistemarli meglio sui cuscini, devono stare più alti, nessuno li ha dovuti imboccare, stretto forte la mano, fortissimo, facendo capire che non erano soli, ci sono qua io. I miei genitori sono morti all'improvviso evitando di sottopormi a prove che non avrei superato. Non li ho visti malati, vecchi. I pochi capelli di mio padre non sono mai diventati bianchi. Rimangono per sempre grigio nero. Di questo li ringrazio. E del resto?

Mi chiamo Teresa Ciabatti, ho quarantaquattro anni e non trovo pace. Voglio scoprire perché sono questo tipo di adulto, deve esserci un'origine, ricordo, collego. Un motivo che mi ha resa tanto diversa... L'anno che mamma dormiva. Deve essere successo qualcosa. Qualcuno mi ha fatto del male. Ricordo, collego, invento. Cosa ha generato questa donna incompiuta.

Scrivo di mio padre e mia madre, ricostruisco la storia di famiglia per arrivare a me. Scrivo, ricordo, invento.

La prima stesura del romanzo non funziona. C'è un problema. La voce, troppo infantile – dice l'editor –, non è la voce di una donna. A tratti adolescente, quasi sempre bambina. Continuamente fuori fuoco, instabile, troppo sofferente per essere adulta, ossessionata da piccoli eventi del passato come la perdita della bambola, irrealistico che possa rivivere ancora l'episodio come un dolore. E ancora: troppo fredda sul presente, non racconta la morte del padre e della madre. E la nascita della figlia? I grandi eventi vengono saltati. Non ci sono cadaveri, funerali. Pagine e pagine invece sulla bambola che dice mamma. Come può una donna essere rimasta tanto indietro, ferma all'infanzia. Riscrivi, cerca la voce. La voce adulta.

Scrivo, riscrivo, butto. Per tornare al solito punto. L'adulta incompiuta. Impossibile che una così abbia figli! Non può essere madre, la maternità cambia chiunque.

Non me, vorrei replicare. Quando nasce mia figlia provo solo una grandissima paura, e la passo nelle braccia del padre. Quando piange, piango anch'io. Non posso farmi carico del dolore di un altro essere, che sia anche solo fame, che questa neonata – bellissima, perfetta, così perfetta, guarda le manine – pianga semplicemente perché ha fame, ebbene no, io non riesco a sostenere nemmeno l'esigenza primaria, che qualcuno la prenda, non io, che qualcuno la sfami, sfami questo essere – meraviglioso, guarda gli occhi, quando li tiene aperti e mi fissa... fissa proprio me... –, che ci siano tante persone a prendersi cura di questa bambina al posto mio. Trovo una tata, che si alzi lei di notte, io dormo, dormo sempre, tranne le volte in cui il pianto è così forte che mi sveglia e arrivo prima io della tata, e sollevo la creatura dalla culla e la stringo al petto, e me la porto nel letto, attenta a non schiacciarla, e non dormo, e rimango l'intera notte a guardarla dormire, così bella e piccola, piccolissima, e a carezzarla, questo miracolo che respira, il suo respiro sulla mia guancia, e il cuoricino che batte, batte sopra il mio, quando la tengo sul petto in attesa che arrivi mattina.

Mi chiamo Teresa Ciabatti, ho quarantaquattro anni. Mi chiamo Teresa Ciabatti, ho dieci anni, nove, otto, sette, sei, non mi sono mai mossa da lì. Eccomi laggiù, alla mamma cadavere, mamma dorme. Mamma è stanca, mamma è triste. C'era una volta la bella addormentata, mamma mamma – la manina di uno di noi, forse io, forse Gianni, la manina che la scuote. Attenti alla flebo, bambini, entra nonna. Mamma, mamma, chiamiamo noi. Torniamo in camera nostra, io con le bambole sotto il tavolo, Gianni a tirare il pallone al muro, la vuoi smettere? Scatto io. Altra pallonata. Il tempo scandito dalle pallonate. Ora di cena, a tavola. Arriva papà, mangiamo. Buonanotte, buonanotte. È notte. E di nuovo mattina. Avrei voluto che quell'anno succedesse qualcosa, che qualcuno mi facesse del male, mi picchiasse, violentasse, si macchiasse di una colpa, a cui potesse seguire una vendetta, avrei voluto essere qui, oggi, vittima dignitosa, ad accusare tutti.

Purtroppo l'anno in cui mamma dormiva non è successo niente, buonanotte bambini. Notte. E di nuovo mattina. Teresa Ciabatti, rassegnati, non sei tu la protagonista di questa storia, non sei protagonista di niente.

In un angolo del giardino, dove ti sei messa di tua iniziativa, nessuno ti ha confinata. Non sei migliore, non hai sofferto più del resto dell'umanità, sei in questo giardino come gli altri genitori a guardare il prestigiatore mago che si toglie il cilindro e oplà, bambine e bambini, ora tira fuori il coniglio, come è successo alle altre feste, come tutti i prestigiatori, un bel coniglietto bianco. Invece no, perché questo è il mago eclettico, il mago che sorprende, il mago che restituirà l'incanto ai nostri figli, e oplà, lui dal cilindro tira fuori una gallina. Gallina bianca. E voi bambini, voi che ci siete e voi che non ci siete più, voi tutti bambini della mia vita – figlia, fratello, mamma, papà, Teresa Ciabatti sul palco del Supercinema –, tutti noi adesso di fronte alla gallina ci spaventiamo, indietreggiamo, mentre lei sbatte le ali e sfugge dalle mani del prestigiatore mago, e noi urliamo, urletti di paura e di felicità, paura e felicità nello stesso istante, nello stesso momento irripetibile della nostra vita.

Mi chiamo Teresa Ciabatti, ho quarantaquattro anni, quarantanove, cinquantasei. Mi chiamo Teresa Ciabatti, ho sessantun anni, gli anni di mio padre quando è morto, e inseguo la gallina bianca. Questa gallina bianca che zampetta sull'erba, col mago che tenta di riprenderla, chiedendo aiuto anche a noi, e allora quelli più intraprendenti si uniscono alla caccia, protagonisti per la breve durata del gioco – piroetta sul palco del Supercinema, Teresa Ciabatti! – prendila, prendila! Prendi la gallina bianca, albina, che corre veloce, svolazza, e noi dietro con le mani protese, pronti ad afferrarla, io, mia figlia, i miei amici, i figli, tutti insieme, il pensiero di te, fratello, il ricordo di te, mamma, la paura di te, papà, ora la prendiamo, e invece no, nessuno di noi ce la fa, lei corre, corre, rumore di ali. S'infila in un cespuglio, ed esce per sempre dalla nostra storia.

Indice

9   *Prologo*

Parte prima
11   IL PRESCELTO
Lorenzo Ciabatti

Parte seconda
81   LA PIÙ AMATA
Teresa Ciabatti

Parte terza
123 LA REIETTA
Francesca Fabiani

Parte quarta
205 I SOPRAVVISSUTI